還暦同窓会

橋を渡った日

木下八世子

Kinoshita Yayoko

東方出版

もくじ

電話が鳴るとき

一

千賀子が洗濯物を干しにベランダへ出ようとしたとき、電話が鳴った。

受話器から、明るい女の声が流れてきた。

「池田さまのお宅でいらっしゃいますか」

小学生向けの通信教育の勧誘だ。

「せっかくですけど、うちには子供はおりませんので」

そっけなく、電話を切った。

「また、セールス?」

いつのまにか、義母のふみが後ろに立っていた。

「ええ」

「いやねえ。勝手に名簿を使うのなら、子供がいるかどうか、調べてからにすればいいのにねえ」

意地悪な言い方だ。しかし、もっともな意見だった。

いままでに、何度もつらいセールスの電話があった。七五三、幼児音楽教育、ランドセル、そして学習机……。これからも続くだろう。

自分は、世間から永久に許されないのだろうか。すべてを円く治めるために、やはり、自分は姿を消すべきなのだろうか。思いは、堂々めぐりをするばかりだ。

千賀子は、暗い気持ちで洗濯物を干しはじめた。

十年前、千賀子は、幼い息子の淳一を交通事故で失った。

製薬会社に勤めていた千賀子が、六歳年上の正博と職場結婚したのは、十五年前だ。

子供のころから千賀子は、「おとなしいね」と、よく言われた。気が弱く、いつもうつむいているような娘だった。顔立ちも平凡で、お世辞にも美人とは言えなかった。

若い娘らしい魅力に欠けている自分に、どうして正博が好意を持ったのか、不思議だ。

千賀子のほうは、先輩社員として正博の顔を知っている程度だったが、自分に寄せられた好意を知るうちに、いつのまにか、自分も同じような気持ちを持っていたような錯覚をしてしまった。過去には人並みに恋もしたが、片思いに終わっただけの経験しか持たない千賀子は、舞い上がってしまったのだ。

千賀子は、兄とふたりの妹の四人きょうだいだった。二十七歳になっていた千賀子は、兄はともかく、妹たちの存在に順序をせかされているような思いもあって、望まれるまま、正博と結婚した。

新居は、小さな賃貸マンションだった。子供が生まれるまで、勤めは続けることにした。

幸せな日々だった。

正博の腕の中で、いたずらっぽく聞いたことがある。

「どうして、わたしなんかを好きになったの」

正博は、「魔がさした」とか、「ほかに、誰もいなかった」などと、ふざけたように言った。千賀子がむっとした顔をしてみせると、

「素直なところがいいんだよ」

と、照れたようにそっぽを向いた。

(素直なのではない。気が弱くて、万事に諦めがいいだけなのだ)

千賀子は苦笑したが、正博のそらせた視線と力が加わった腕に、甘やいだ幸せな気分になった。

結婚した翌年、義父が心臓病で急死した。そしてその翌年、千賀子が妊娠したとき、

「おとうさんの生まれ変わりだ」

と、ふみは喜んだ。千賀子は、

（女の子だったら、どうしよう）

と思ったが、さいわい、生まれたのは男の子だった。淳一と名付けた。千賀子は妊娠を機に、退職していた。

義父の死後、ふみはその家にひとりで住み続けていたが、千賀子の出産をきっかけに正博たちとの同居を望んだ。

正博が生まれ育った家だ。古いが、まだしっかりしている。二階建てで、同居するには充分な広さだった。小さな庭もある。

千賀子の本音は、子供を囲んでのんびりと三人暮らしがしたかった。

しかし、正博の給料だけでは、生活はできるが、ゆとりはない。同居すれば、マンションの家賃が助かる。また、ふみに家事や育児も手伝ってもらえそうだ。それに、幼い子供には、コンクリートのマンションより地面のある生活のほうがいいだろう。

どうせ、いずれは誰かが老いたふみの世話をしなければならない。ふみも正博も当然のごとく、それは千賀子の役目だと思っているようだ。千賀子自身、それも仕方がないと思っている。

それならば、いまのうちからこの家に住んで、気苦労はあっても経済的にゆとりのある暮らしをするのもいいと思った。

どうせ、将来は正博のものになる家なのだ。打算も働いて同居することになったが、何事にも口出しをしてくるふみに、千賀子は気が重かった。ある程度は覚悟していたが、予想以上だった。淳一への過大な干渉など、千賀子を悩ます事柄は多かった。しかし、どこの家庭にでもあるような小さな波紋のままで終わり、しこりが大きくなることはなかった。

正博には、照子という姉がいた。夫は中学校の教師で、娘がひとりいる。そのころは、まだ小学生だった。バスに乗って三十分ほどの距離に住んでいた。退屈しのぎか何か知らないが、一週間に一度は母親を訪ねてくる。朝の家事をすませると、編み物などの手仕事を持って現れた。昔のことや知人の噂など、同じことばかり飽きもせず、ふたりでしゃべっている。そして自分の子供が下校してくるころを見計らって、満足した顔で帰っていく。

千賀子は、ひそかに「出勤」と名付けているこの照子の訪問が、うっとうしくて仕方がなかった。とりたてて何も言わないのだが、詮索するような一瞥が不快だった。千賀子たち夫婦が同居するまでは、おそらく毎日の出勤だったのだろう。照子なりに気を使って回数を減らしているのかもしれない。

照子の出勤の日は、千賀子は、なるべく用事を作って出掛けるようにしていた。千賀子にすれば、精一杯の反抗だ。しかし、ふみも照子も動じる気配はなかった。

あの悲劇が起きたのも、照子が出勤していた日のことだ。

四月の、桜の終わったころだった。

その前日、親戚の法事に行ってきた照子は、貰ってきた粗供養の品や、分配された供え物などを持ってやってきた。

ふみも照子も家事に携わっているだけで、趣味も交友関係もほとんどなく、驚くほど住む世界が狭い。したがって、親戚の冠婚葬祭には異常なほどの興味を示す。この日も、照子が法事の様子を語り、ふみが数々の品物の目利きをしたり悪口を言ったりして、にぎやかなことだった。

ふみは、いつもは照子とふたりきりで話に熱中するのに、この日はいつになく、

「ねえ、千賀子さん、あなた、どう思う？」

とか、

「あら、このお菓子、淳ちゃんも食べられそうよ」

などと、同意を求めたりした。

仕方なく横で聞いているうちに、午後四時を回ってしまった。夕食材料の買い物に行かないといけない。買い物に行くときは、もっと早い時刻に、散歩を兼ねて淳一を連れて行くのだが、そ

の日は、照子の饒舌に振り回されて、予定が狂ってしまった。

具合の悪いことに、淳一が遅い昼寝をしていて、起きる気配がない。

「おかあさん、淳一が寝てる間に、買い物に行ってきます。今夜、何にしましょう」

「ああ、そうだ、今日は照子もひとりだから、うちで食べて帰るって言ってるからね。何が食べたい？」

「何でもいいわ」

照子が、気のない返事をした。教師をしている夫と小学生の娘は、春休みをさいわい、法事のあと、その親戚の家に泊まってくるらしい。

「すきやきにしておきましょう。そしたら、千賀子さんも用意が簡単でしょ」

ふみの言葉は、いたわりではなく厭味に聞こえるが、それにも、もう慣れて聞き流せるようになった。献立を決めてくれたので、気が楽だ。千賀子は急いで身支度をすると、家を出た。

いつも行くスーパーに向かって歩きながら、ふと気がついた。

「淳一が寝てる間に……」

と言ったとき、ふみは、照子も一緒に食事をすることを考えていて、千賀子の言葉をよく聞いていなかったようだ。

（大丈夫だろう。淳一が目を覚ましても、わたしがいなければ、義母たちのそばへ行くだろう）

淳一を連れていないと、ゆっくり見てまわれる。

食料品の他に、淳一の下着、それにふと見つけたブラウスが気に入って、ついでに買った。自分のものを買うのは、いつも後回しになる。出費もさることながら、選んでいる時間がなかった。今日のようにひとりで買い物にくる機会は、あまりなかったからだ。自分のものを先に買ってしまった千賀子は、申し訳のように正博の初夏向きのシャツも、一枚買った。商品の並んだ棚は、いつもながら季節を先取りしている。

買い物をすませて外へ出ると、夕方の気配が濃くなっていた。窓のない建物の中にいると、時間のたつのに、つい、うっかりする。千賀子が急ぎ足で戻ると、まだ門灯がついていなかった。門扉も半開きだ。

(わたしが忘れていたら、すぐに文句を言うくせに……)

玄関のガラスの引き戸も開けっ放しだった。そのときは不審に思わず、戸を閉めて中に入った。

リビングルームのふみたちに、

「ただいま」

と、声をかけたが、

「ご苦労さま」

と言ったきり、視線も向けず、照子との会話が続いている。

（よくまあ、あんなに話すことがあるものだ）

毎度のことながら、おかしくもあり、呆れもする。

リビングルームに、淳一の姿はなかった。留守番をさせたときは、千賀子が帰ってくると、待ち兼ねたように、すぐにまつわりついてくる。

（まだ、寝ているのだろうか）

千賀子は不審に思いながら、台所に食料品を置くと、淳一が寝ているはずの六畳間に入った。

部屋の中は薄暗い。

「淳ちゃん、まだ寝てるの」

と、言いながら明かりをつけると、部屋の真ん中に敷いた布団の上に、淳一の姿がなかった。中へもぐりこんでいるのかと、くしゃくしゃになった毛布をめくってみたが、もぬけの殻だ。

家の中で明かりのついているのはリビングルームだけで、他はどこも薄暗い。幼い淳一が、暗い部屋にひとりでいることなど、考えられない。

「おかあさん、淳一は？」

ふみに声をかけると、

「え？」

ふみと照子は、顔を見合わせた。

「淳一が寝てるから、わたし、置いて行ったんですけど」

「えっ、いないの？」

ふみは、淳一が昼寝をしていた六畳間に走り込んだ。そしてすぐさま、玄関から外へ飛び出した。千賀子は、そのふみの様子を見て、愕然とした。帰ってきたときに、門扉と玄関の戸が開いていたことを思い出したのだ。

（淳一は、ひとりで外へ出て行った）

千賀子は、足が震えてきた。

「淳一……」

「小さな子供の足よ。そんなに遠くへは行っていないわ。三人が分かれて、別々の方向を探しましょう」

ふみは、どこへ行ったのだろう。千賀子やふみにくらべると、照子は冷静だった。

「わたしはこっちへ行くから、千賀子さんはいつものスーパーへ行く道を探しに行って」

千賀子は、照子の言葉を背に、血走った目を周囲に配りながら、スーパーまで走った。淳一がここまでひとりで来るとは思えないが、スーパーのサービスカウンターへ事情を告げ、店内で迷子として発見されたときの連絡を頼んだ。

帰りは、別の道を左右に視線をそそぎながら走った。千賀子が家に着くと、ふみが門柱にもたれるように座り込んで、ぼうぜんとしていた。

「いませんでしたか」

「いないわ、どこにも」

「わたし、交番に行ってきます」

千賀子が、また走りだそうとしたとき、家の奥で電話が鳴った。襲いかかるようなそのベルの音は、千賀子の心臓をわしづかみにした。

(淳一の姿が見えない。事故、事件)

不吉な言葉が連想されて、千賀子は立ちすくんだ。

「何してるの、電話っ。淳ちゃんのことかもしれない。早く」

ふみの声に、はじかれたように千賀子は、履物を蹴飛ばして家の中へ飛び込んだ。

受話器から流れてきた男の声は、警察だと名乗った。

「池田淳一ちゃんのお宅ですね。お母さんですか」

「はい、淳一が何か……。いないんです、淳一がいないんです」

足が、がくがくする。その千賀子に、警官は、淳一が交通事故にあったことを告げた。

「さっきも電話をしたんですけど、お留守だったようで。もう病院へ運びましたので、すぐに行ってください。病院は……」

千賀子の手から、受話器が落ちた。

そのあとの記憶は、混乱している。

騒ぎを聞いた隣家の主婦が、自分の車で千賀子たちを病院へ送ってくれたのは、覚えている。興奮したふみは、車の中でわめきちらしていた。千賀子も気が動転していて、ふみが何を言っているのか、よくわからない。

その病院の小児科では、何度か淳一を診てもらっている。病院に着いたとき、淳一は手術室の中だった。その前の廊下で、千賀子たちは、警官から事故の模様を聞くことになった。路上駐車していた車と車の間をすり抜けて、とつぜん、歩道から車道へ飛び出した淳一を、走ってきた乗用車は避けきれなかった。小さな体は、五メートルほど舞い上がって道路に叩きつけられたそうだ。

現場は、家からそれほど遠くない距離だが、千賀子がいつも行くスーパーとは方角ちがいだった。いままで、淳一を連れて行ったことなどのないところだ。

「どこの家の子供さんかわからなかったんですが、とりあえず、近くのこの病院に運びました。看護師さんのひとりが、子供さんの顔を覚えていて、それで池田さんの坊やだとわかりました」

若い警官は、気の毒そうに言った。

千賀子の留守中に目を覚ました淳一が、ひとりで外へ出て行き、車にはねられたのだ。

「千賀子さんがあまりにも遅いから、淳ちゃん、きっと探しに行ったのよ」

照子が、非難がましく言う。

連絡を受けて、ようやく会社から駆けつけた正博が、

「どこへ、行ってたんだ」

話を聞いて、噛みつくように言った。

「いつものスーパーよ。夕食の買い物に」

震え声の千賀子に、

「遅すぎるじゃないの。もっと早く帰っていたら、こんなことにならなかったわ。どこへ寄り道していたの」

ふみも強い語調だ。

千賀子がいつもより、買い物に手間取ったのはたしかだ。しかし、千賀子にも聞きたいことがある。

「淳一は、起きてから、おかあさんたちのそばへは行かなかったんですか」

一瞬の間があって、照子が言った。

「来なかったわ。それより、わたしたち、淳ちゃんが寝てることを知らなかったのよ」

「そうよ。いつも、買い物には連れて行くじゃないの。淳ちゃんが寝てるから置いて行くって、ひとこと言ってれば、わたしも気をつけてましたよ」

照子の言葉に重ねるように、ふみも言った。

（ああ、やはり、あのひとことは、耳に入っていなかったんだ。もっと念を押して言ってれば……）

千賀子の胸は、後悔で潰れそうになった。

そのときの千賀子は、買い物から帰宅したときのふみたちの様子など、思い出しもしなかった。

正博が、ふと気がついたように、ふみと照子に聞いた。

「淳一が玄関の戸を開けたとき、気がつかなかったのか。ベルの音がしただろう」

古い家なので、玄関はドアでなく昔ながらの引き戸だった。ふみは、照子が海外旅行の土産に買ってきた小さなカウベルが気に入って、引き戸の上部につけていた。戸を開け閉めするたびに、それは小さな音を響かせていた。

「……」

「え？　ベルは聞こえなかったのかって聞いてるんだよ」

「それが、気がつかなかったのよ」

怒鳴りつけるような正博の言葉に、ふみは小さな声で答えた。照子は、母親の言葉を遮るよう

に、

『ベルの音がすればわかるわ。戸が開いてたんじゃないの。千賀子さん、ちゃんと閉めて行ったの。開けっ放しで行ったんじゃないの」

矢継ぎ早に、千賀子に迫った。

「そんな……」

(あなたたちは、声高にしゃべっていたので聞こえなかったのだ)

千賀子は言いたいことも言えず、ただ、涙をこぼすばかりだ。

「大人が三人もいて、子供ひとりをほったらかしにしたのか」

正博は激怒した。通りかかった看護師が、

「お静かに願います」

と、ささやいた。

ふみと照子は、何もかも千賀子のせいだと言わんばかりに、冷たい視線を向けた。千賀子は、ただ、ほろほろと涙を流しながら、淳一の無事を祈っていた。

そのあと、手術室から出てきた医師から、

「頭を打って、脳に損傷を受けている。できるだけの処置はしたが、意識はなく、危険な状態だ」

と、説明を受けた。

淳一は、ICUと呼ばれる処置室のベッドに寝かされていた。室内に入ることは許されず、千賀子は、廊下からガラス窓を隔てて淳一を見守るしか、すべがなかった。小さな体は、何本ものコードや点滴の管につながれていた。頭は包帯で包まれているが、顔には何の傷もなかった。まるで、昼寝の続きのようだ。

淳一の小さな体を抱きしめたい。

いつものように頬ずりをしたい。

せめて、手だけでも握っていたい。

しかし、それすらも許されなかった。

千賀子は、ただ、淳一の意識が戻ることだけを祈っていた。

「ママ」

と、ふたたび、自分を呼ぶ淳一の声を、ひたすら待った。

しかし、千賀子の祈りは、届かなかった。

翌々日の午後、意識が戻ることなく、淳一は三年の短い人生を終えた。

そのとき、正博は会社へ行っていた。事故の翌日は淳一のそばについていたが、その日は、仕事の連絡に昼過ぎから会社へ行っていたのだ。

「夕方には、病院へ戻る」

しかし、午後三時すぎ、淳一の容体が急変した。事故以来、つきっきりだったふみも、着替えなどの必要な物を取りに帰宅していて、病室にいなかった。

淳一を見守っていた千賀子が、異変に気づいてナースコールのボタンを押したが、駆けつけた医師が、かろうじて臨終に間に合ったぐらいの慌ただしさだった。もちろん、正博やふみに連絡する間もなかった。

千賀子は、コードや管を外されてすっきりした淳一を見ながら、ほんとうにつらく悲しい瞬間には、涙は出ないものだということを知った。ぼうぜんとしていた千賀子は我に返り、ロビーにある公衆電話から、会社の正博に電話をした。

正博の声を聞いたとたん、堰を切ったように涙がほとばしり、言葉にならなかった。

「あなた、淳一が、淳一が……」

「わかった。すぐ、戻る」

すべてを察した正博の声を聞くと、涙がとまらなくなった。

(淳一が死んだ。もう、淳一はいない)

絶望感が、千賀子に襲いかかった。受話器を置いたあとも、ひとしきり、その場にうずくまって泣いていた。

やがて、よろめくように病室に戻った千賀子は、まだ、ふみに連絡していなかったことに、ようやく気がついた。電話を受け、血相を変えて飛んできたふみは、淳一の息のある間に自分を呼ばなかったことを、金切り声で責め立てた。医師に詳しい様子を聞いた正博が、

「急だったんだから、仕方がないだろう」

と、母親をなだめても、聞く耳を持たなかった。千賀子は、泣くばかりだった。


心うつろなまま、日が過ぎ、千賀子も少し落ち着いてきた。それと同時に、いままで気がつかなかったことに、思いが至るようになった。

(淳一は、どうして外へ出たのだろう)

昼寝から目覚めて、千賀子の姿が見えなくても、泣くとは限らない。気がついたら、ひとりで機嫌よく遊んでいたということもあった。しかし、そんなときでも、しばらくすると、「ママ」と、千賀子を探しながら家の中をうろうろする。ふみが、しばしば不機嫌になるほど、母親べったりの子供だった。

淳一は起きてから、千賀子を探して、ふみと照子がいたリビングルームにやってきたのではないだろうか。千賀子の想像は、どんどん膨らむ。

「ママ」

べそをかき始めた淳一に、

「あら、起きたの。ママはね、お買い物なの。もうすぐ帰ってくるから、お利口さんにしてなさいね」

ふみは、そう言ったまま、照子と話の続きに夢中になっている。相手にして貰えない淳一は、ひとりで玄関に行った。

(そうだ、淳一は、わたしを探して外へ出て行ったのだ)

玄関の引き戸は重くて困っていたが、最近、戸車を替えてから、驚くほど軽くなった。淳一でも、簡単に動いた。

「チリンチリン」

と言いながら、淳一が面白がって開けたり閉めたりするのを見て、

「危ないから、いつも鍵をかけるようにしないといけないね」

と話し合っていた矢先なのだ。

(鍵はかけなかった。でも、わたしは以前から、絶対に戸を開け放したまま出て行ったりはしない。だらしない感じがして嫌いなのだ。淳一が戸を開けたのだ。でも、話に夢中になっているふみと照子には、ベルは聞こえなかったのだ)

千賀子は、買い物から帰ってきたときのことを思い出した。ふみたちは、

「淳一が家に残っていたのを知らなかった」

と言った。それが事実なら、千賀子が、

「淳一は？」

と聞いたとき、

「あら、連れて行ったんじゃなかったの」

というような意味の言葉が出てきてしかるべきだ。知らなかったというふみたちの言葉は、嘘だと思った。自分たちの不注意の結果を、千賀子だけに押し付けたのだ。

しかし、それは想像だけで、千賀子には確証はなかった。ふみたちは、淳一が寝ていることをほんとうに知らなかったのかもしれない。おそらく、千賀子の「淳一が寝てる間に……」という言葉は聞いていなかったのだろう。もうひと声、「淳一を、お願いします」と言って、ふみたちが了解したことを確認すべきだった。

あるいは、淳一は目が覚めてから、リビングルームへ行かずに、直接、外へ出たのかもしれない。カウベルの音も、地声の大きい照子がいつものように早口でしゃべりまくっていれば、聞き落としても不思議ではない。

事故の現場は、淳一がまだ行ったことのない場所だった。千賀子の姿を探して、あてずっぽう

に歩いたのだろう。千賀子がどこへ行ったのかなど、推測できる年齢ではない。たとえ、いつもよく口にする「お買い物」だと思っても、行きつけのスーパーへの道順を覚えていたかどうかわからない。

スーパーへは、淳一を連れて行くことが多かったが、かならず直行していたとは限らない。回り道をして銀行や郵便局へ寄るときもあれば、公園でしばらく遊ばせてから行くこともある。

自分がもっと早く帰っていれば、淳一が事故に遭うこともなかった。それよりも、玄関に鍵さえかけていれば、開かない戸の前で淳一は泣き、ふみたちも気がついたはずだ。

千賀子は、自分を責めた。淳一の事故も、結局は自分の責任だと思った。

すると、まるでその千賀子の思いに便乗するかのように、ふみの中で、淳一の事故は千賀子ひとりの責任になっていくようだった。

千賀子に向けられるふみの白い視線。

すぐに涙ぐむ千賀子。

口数の少なくなった正博。

照子も、あまり姿を見せなくなった。

家の中に、しだいに冷たい風が吹くようになった。

淳一が亡くなって二年ほどたったころ、正博も家庭を修復したい気持ちが起きたのだろうか、

「つぎの子供を……」

と言い出した。千賀子も「淳一の代わり」ではなく、「淳一の生まれ変わり」として、子供が欲しいと思うようになった。しかし、待っていても、その兆候はなかった。医師の診断にも異常はなかったので、千賀子は、不妊治療を受けるまでの気持ちにはならなかった。


……そして、子供は授からないまま、淳一の死から十年の月日が流れた。

寄り添いかけた夫婦の間には、また、すきま風が吹くようになった。

(自分たち夫婦って、いったい何だろう。夫婦でいることの意味があるのだろうか)

千賀子の脳裏を「離婚」という文字が、ときどき、かすめるようになった。ただ、具体的な形にはならない。

「離婚は、結婚の何倍ものエネルギーを要するものだ」

と、どこかで読んだ。ほんとうにそうだろうと思う。千賀子には、その勇気はない。

また、世間では、「夫婦とは、お互いに空気のような存在だ」と言われる。千賀子にとっての正博は、空気のように当然そこにあるべき存在だし、邪魔にもならない。だが、空気はなければ生きていけないが、正博がいなくても、千賀子は生きて行けるような気がする。

困るのは、経済的な問題だ。何の資格も技術も持たない千賀子には、自活の道がない。しかし、だからと言って簡単に実家を頼ることはできない。

実家の両親は、千賀子が結婚した翌々年に兄が結婚するとき、庭を半分だけ潰して別棟の小さな離れを建てた。六畳と四畳半の二部屋しかないが、台所と風呂、トイレだけは作った。最初は、兄夫婦が住んでいた。やがて子供が生まれて手狭になったので、妹たちも結婚してふたりだけになっていた両親と、住まいを交換することになった。

千賀子は、自分が生まれ育った家屋が、次第に義姉の好みに染められていくのを、実家を訪れるたびに見ることになった。かつて自分や妹たちが寝起きしていた二階の部屋は、三人の甥や姪たちの部屋になっていた。それに加えて、両親が狭いところで日々を送っているのを見るのも、複雑な気持ちだった。

だが、一般的に考えれば、育ち盛りの三人の子供がいる五人家族と、年老いた両親だけのふたり家族では、入れ替わって住むのが妥当だ。両親は、狭いから掃除が楽だと笑っている。いまのところは両親ともに健康だが、もっと老いて介護が必要になったときには、兄夫婦は、家を建て直して一緒に暮らすつもりでいるらしい。一応、別所帯になっている現在でも、日々、何かと気を配ってくれているようだ。千賀子は、そんな兄夫婦に感謝もしていたし、柔軟な考え方をする両親にも、安堵していた。

両親も兄夫婦も、千賀子が頼って行くと、親身に相談にはのってくれるだろうが、千賀子としては、経済的な負担はかけたくない。両親は年金暮らしだし、兄もサラリーマンにすぎない。それに、義姉に対する気兼ねがある。気立てのいい女性なのだが、万一、千賀子が離婚して実家に戻ったりすれば、たぶん、現在のようないい関係ではいられなくなるだろう。

実家には戻れないというのは、自分自身への言い訳でもある。淳一を死なせてしまったという負い目は、正博に対する贖罪の思いから、容易に千賀子を解放してくれない。それが、自活の道がないから正博の庇護を受け続けるという現実にベールを掛けてしまった。千賀子は、自分で掛けたベールを、見て見ない振りをしながら、夫婦という舞台、妻という役柄を演じ続けている自分を冷めた目で、見ていた。この舞台は、いつまで続くのだろう。いつ、幕が下りるのか、まったくわからなかった。

ふたりの間に争いもなければ、ときめきもない。他人のような日もあれば、夫婦としてのひときを過ごすこともある。正博を夫として受け入れるのを拒否する気にはならないが、千賀子のほうから寄り添う気持ちも起きない。あれこれと思い悩みながら、千賀子は、惰性の日々を過ごしていたのだった。

千賀子は、四十二歳になっていた。

二

千賀子が最初にその女の声を聞いたのは、二、三カ月も前になるだろうか。

その日、千賀子は掃除をするために、正博の部屋に入った。書斎などという大袈裟なものではないが、あいている二階の四畳半の部屋を、正博は自分の部屋にしていた。学生時代にも正博が使っていたそうだ。そして、これも愛着があるのだろうか、そのころから使っていた傷だらけの古い机と書棚を置いた。その横に、これだけは新しいパソコンと付属品の一式を並べると、畳が見える面積はわずかになってしまった。

「パソコンには、さわらないこと」

「机の上のものは、汚いメモ書きのようなものでも、勝手に捨てないこと」

掃除のときには、このふたつを守るように言われた。千賀子は、パソコンの知識がないから、さわることなど考えもしなかった。高価なものにさわって、もし、壊したら大変だという思いが先に立つ。

「でも、ときどきは机の上を拭きたいわ」

「うん、もちろん拭いてほしい。書類や置いてあるものが移動しても、すぐわかるからかまわない。ただ、小さなメモなんかが風に飛ばされないようにしてくれよ」

正博は、それほど几帳面ではない。世の中には、自分の部屋を妻にさわらせない夫がいるらしいが、正博は机の上も大ざっぱに片付けるだけだった。妻である千賀子が掃除をするのが当然だと思っているようだ。千賀子もまた、夫の身の回りの世話は、自分の仕事だと思っていた。

千賀子が掃除を始めようとしたとき、どこかで、携帯電話が鳴った。すぐ、そばだ。

（どこかしら）

机の上に乱雑に置かれた書類をどけてみると、正博の携帯電話が赤い小さな光を点滅させていた。「半分は社用だ」と言っていたのに、今日は忘れていったらしい。千賀子は、（どうしょう）と思いながら、しばらく見ていた。ベルは鳴り止まない。

千賀子は、携帯電話を使わない。最初に買ったとき、正博は、

「ときどき、貸してやろうか」

と、基本の取り扱い方を教えてくれた。自慢げな様子が子供のようで、千賀子はおかしかった。借りてまで使う必要もないので、教えられたことは忘れてしまった。だが、受信と終了の手順ぐらいは覚えているし、ボタンのマークを見れば、察しがつく。

携帯がないことに気がついた正博が、自宅に忘れてきたのか、それともどこかで落としたのかと、慌てて電話をしてきたのかもしれない。あとから考えると、そんな場合は自宅の電話にかけ

るはずだが、そのときは、気がまわらなかった。

恐る恐る、手に取った。受信のボタンを押してみると、千賀子が何も言う前に、女の甘い声が飛び込んできた。

「あたし。ねえ、いま何してんの、忙しい?」

呆気にとられて、思わず、

「もしもし」

と言った。すると息を飲む気配がして、電話は切れた。いたずらやまちがいではない。千賀子は、そう直感した。

誰だろう。正博には、「あたし」で通じる女性がいるのだ。この電話の件は、すぐに正博に伝わるだろう。あの甘い声の女が、自分たちの生活を変えるかもしれないという予感がした。よくなるか、悪くなるか、正博次第だ。千賀子は、足許が小さく揺れるような不安を感じた。

その日、正博の帰りは遅かった。そろそろ、日付が替わろうとするころだ。

「ただいま」

いつものようにそう言うと、迎えに出た千賀子の顔をちらと見て、さっさと奥へ入っていった。

「お帰りなさい」

千賀子も、そのひと言だけだった。玄関の鍵をかけながら、

（これから先、どうなっていくのだろう）

と他人ごとのように思った。流れのままに身をまかせる性格であることを、他ならぬ自分がいちばんよく知っていた。

以前にも、正博の周辺に女性の影を感じたことがあったが、問い詰めるだけの気持ちはなかった。「嫉妬」というものは、「愛情」の変形したものだ。千賀子には、正博への嫉妬はなかった。

自分たち夫婦にあるのは、惰性だけだ。

あのときは、一時的なもので終わったようだが、こんどは、どうだろう。

千賀子は、冷ややかな第三者の目で、自分たち夫婦を見ていた。

正博の女性関係に気がついた千賀子。

千賀子が気がついたことを知った正博。

以前より、さらに会話が少なくなったふたりに気づいたふみ。

しかし、何も言わない三人。

家の中の空気は、微妙に変化していった。

表面は何事もなく、数日が過ぎた。

八月末の暑い日の午後、千賀子は、また、あの女の声を聞いた。

電話が鳴った。アイロンをかけていた手を止めて、受話器を取った。

「池田でございます」

「……」

「もしもし、池田でございますが」

「……」

いたずらだろうか。腹立たしく思いながら受話器を置こうとしたとき、女の小さな声が耳に入った。

「あの、わたし……」

「どちらさまでしょうか」

すると、一瞬の沈黙ののち、女は早口で一気にしゃべった。

「おなかの中に子供がいます。池田さんの子供です。わたし、どっちでもいいんです。堕ろしてもいいんです。でも池田さんは欲しいみたいです。どうするのか、早く決めてほしいって伝えてください」

そして、名乗りもせずに、電話は切れた。言葉は明瞭に聞こえたのに、内容が消化できない。大変なことだという実感だけがあった。耳の中に、女の声が反響していた。

受話器を持ったまま、立ちすくんでいる千賀子に、ふみが不審そうな視線を向けた。

「どこから?」

「いえ、間違い電話みたい」

かろうじて言い繕うと、ふみの目を避けるようにアイロンがけにもどった。

(あのときと、同じ女だ)

当然だが、今日は甘えた口調でなく、言うべきことを、とにかく言ってしまおうという様子だった。言葉遣いはちがっていたが、同じ声だと思った。

あからさまな敵意は、感じられなかった。結婚という言葉も出なかった。早く決めてくれと言われても、何がどうなっているのか、よくわからない。わかっているのは、正博の子供が、どこかの女の腹の中で成長しているという事実だけだ。女の話が、嘘でもはったりでもないという確信があった。

(わたしが望んでも得られなかったものを、あの女は獲得した。「堕ろしてもいいんです」だって? 何という傲慢な……)

アイロンを持った手の上に、ぽたりと落ちたものがあった。自分でも思いがけない涙の不意打ちは、千賀子を惨めにさせた。顔も名前も知らない女に、感情は湧いてこなかった。その分、正博への怒りが込み上げ、倍増した。この憎悪は、嫉妬からだろうか。自分では気づかぬまま、正博への愛を持ち続けていたのだろうか。千賀子は、自分の感情を持て余しながら、無意識にアイロンを動かしていた。そして、いつしか、激した思いは冷ややかなものになっていった。夜、正博が帰宅したとき、千賀子は電話があったことを言わなかった。正博のほうから言い出すのを待とう。どういう言い方をするつもりだろう。千賀子は、自分が厭な女になってきたのが、腹立たしくもあり、悲しくもあった。

それから、一週間ほど過ぎた夜だった。

二階の和室を寝室にしているのだが、その自分の布団の上にあぐらをかいた正博は、

「電話をしてきたらしいな。どうして、いままで言わなかったんだ」

今日、女に会って、千賀子に電話をしたことを聞いたのだろうか。正博は、「誰が」という主語を省いた。それは女を身内として扱っているような気がして、千賀子は、かっとなった。熱くなった感情は、かえって千賀子をいっそう冷ややかにさせた。

「あなたが言い出すのを待ってたのよ。それが道理でしょう」

「いつかは、言わなければならないと思っていた。まず、謝る。すまなかった」

「すまなかったって、過去形にできないんじゃないの」

「うん」

「どういう人なの。あ、名前は言わないで。名前も顔も知りたくない」

系列会社に勤めている女性で、仕事の関係で顔を合わせるうちに、半年ほど前から深い付き合

いになったそうだ。

「若い人？」

「三十かな、いや、三十一かな」

正博は視線をそらせたままだ。

「ダブル不倫なの」

「いや、独身だ」

「それじゃ、つまり、あなたはその人と結婚したいから、わたしに別れてほしいのね」

「いや、そんなことは考えていない。俺はお前と別れるつもりはない」

この人は、妻を裏切ったことを、どう考えているのだろうか。

「その人のこと、好きなんじゃないの。結婚したいんじゃないの」

「いや、そういうことではない。軽い気持ちだったんだよ」

軽い気持ちで、よそに子供を作られては、妻はたまらない。

「じゃあ、子供はどうするの。あなたは欲しがってるそうだけど」

正博は、ためらいながら言った。

「子供だけ引き取りたい。自分の子供が欲しい。すまないけど、育ててくれないか」

千賀子は唖然とした。言葉が出なかった。正博が、特別、身勝手なのか。それとも世の中の男は、こういうものなのだろうか。

「あっちは」

正博は、千賀子に言われたとおり、女性の名前を言わないように気をつけながら、

「子供を引き取ってくれるのなら産む。でなければ、ひとりでは育てられないから中絶すると言ってる」

千賀子は、怒りで体が震えてきた。

「それを、わたしに決めろと言うの」

「もう、四カ月に入っているそうだ。中絶するのなら、あまり、時間がない」

「その人と結婚すればいいじゃありませんか。親子水入らずで暮らせるわ。それとも、その人には、結婚できない理由でもあるの」

「いや、できれば結婚したいらしいが、でも、俺はお前と別れたくない」

正博の気持ちが理解できない。

「何を言ってるの、あなたは……。そういう事実を聞かされたわたしの気持ちというものは考えないの」

「すまないと思ってる」

かつて、これほど怒りの感情に襲われたことがあっただろうか。体の震えが止まらない。千賀

子は、自分でも驚くほどの荒々しい言葉を投げつけた。

「自分の不始末は、自分で処理してください。もうこれ以上、この話をしないで。わたしには関係のないことよ」

そして自分の布団に入ると、あらゆる拒絶を込めて背を向けた。正博も、無言で明かりを消した。それから布団に入ったが、千賀子に背を向けている気配がした。

千賀子は、いま、自分たち夫婦は崖っぷちに立っているのだと悟った。


翌日は土曜日だった。正博の会社は休みだ。朝、千賀子も正博も、ことさら、平静をよそおっていた。ふみは、何も気づいていないようだ。遅い朝食を三人ですませると、正博は、自分の部屋にこもった。

千賀子は、いつものように家事をかたづけると、

「ちょっとデパートへ行ってきます。お昼、適当にお願いしますね。夕方には帰りますから」

千賀子はふみにそう言うと、正博には何も言わず、家を出た。

正博と距離を置きたかった。正博もひとりで考えたいだろう。母親のふみに相談するかもしれない。ふみが、血の繋がりのある孫を欲しがるのは目に見えている。千賀子にその子供を育ててもらえと言うだろうか。生まれてくる子供のために千賀子と離婚して、その女と再婚しろと言う

だろうか。

どちらにしても、千賀子の人間性を無視した理不尽なものだ。

夕方、千賀子が帰宅したとき、正博はリビングルームにいたが、千賀子と目を合わさないようにして、二階へ上がってしまった。

夕食の時間になっても、下りてこない。しかし、千賀子は声をかけなかった。

「正博は？　ごはんよって言ったの」

ふみは、テーブルに座りながら聞いた。

「そのうちに、下りてくるでしょう」

ふみは、ちらりと千賀子の顔を見ると、立ち上がって、階段の下から正博に声をかけた。夫婦喧嘩でもしたのかと思っているようだ。

三人の無言の夕食が終わった。

千賀子は、その夜、自分の布団を隣の部屋に敷いた。まさか、あんなことがあった昨日の今日、正博が手を伸ばしてくるとは思えないが、千賀子は、もう、正博に触れられるのは、耐えられなかった。それがなくても、話を蒸し返すのだけでも厭だったのだ。

このままですまされないことはわかっている。ただ、少しの時間が欲しかった。自分の行く末も、ぼんやりした輪郭が見えてきそうだ。その輪郭をはっきりさせるのは、正博ではなく、自分でありたかった。そのきっかけをつかむまでの時間が欲しかったのだ。とにかく、今夜は、何も考えずに眠ろうと思った。

千賀子が入浴をすませて二階へ上がろうしたとき、リビングルームから、正博とふみのひそひそとした話し声が耳に入った。例の話だと察しがついた。どうして、千賀子の留守中に、ゆっくりと話をしなかったのだろう。

（そうだ、正博も外出していたのだ）

「あっち」と話し合ってきたのだ。

ふたりは、千賀子が入浴中だということを知らなかったのか、それとも、入浴中のほうが話をしやすいと思ったのか、いずれにしても、千賀子がそこにいることに気がついていないようだ。

立ち聞きをするのは気が咎めるが、つい、階段を上がるのがゆっくりとした忍び足になってしまった。

ふみの押さえた声が、聞こえる。

「親子を引き離すのは、かわいそうよ。千賀子さんには悪いけど、離婚してもらわないと仕方がないんじゃないの」

「……」

正博は、黙っている。

「跡継ぎの大事な子供を死なせただけじゃなく、替わりの子供も産めないなんて……。このままじゃ、池田の家は絶えてしまうのよ」

「もう、それを言うなよ」

もっとも聞きたくない言葉を聞いてしまった。湯上がりにもかかわらず、全身が、しんと冷えてきた。

やはり、自分は、許されることはないのだ。それにしても、名門の旧家や素封家ならいざ知らず、亡くなった義父も正博も、一介のサラリーマンにすぎない庶民の家庭なのだ。いまどき、跡継ぎだとか、家が絶えるとか、千賀子は、まったく考えもしなかった。

正博が、つぶやくように言った。

「俺も四十八だからな、自分の子供を持つのは、最後のチャンスかもしれない」

「何言ってんのよ、まだまだ大丈夫よ。その人だって、まだ三十なんでしょ。これから先、ふたりでも三人でも、産んでくれるわよ」

うきうきとした口調だった。ふみにとっては、女は子供を産む道具にすぎないようだ。恐ろしいほどの時代錯誤だが、刷り込まれた意識は、簡単には変わらないのだろう。それにふみの脳裏からは、千賀子の姿は、もう消えているようだ。

（もう、この家には、いたくない）

打ちひしがれた身を布団に横たえ、固く目を閉じたとき、階下で電話が鳴った。もう、十一時をまわっている。

（いまごろ、どこからだろう）

階段を駆け上がってくる足音がした。

「千賀子、おかあさんから電話だ。おとうさんに何かあったらしい」

正博の言葉に、千賀子は跳ね起きた。実家の両親に会いたいと、いま、思っていたところなのだ。

受話器から流れてきた母親の声は、うわずっていた。

「おとうさんが、おとうさんがね、ものすごくたくさん、血を吐いたの。いま救急病院に来てる」

「すぐ行くわ。どこへ行けばいいの」

実家の近くの病院だった。千賀子は急いで身支度をした。正博の子供も、ふみの思惑も、どこかへ吹っ飛んでしまった。

「こんな時間になったら、電車は少ないだろう。車で行くほうが早い」

正博が、送ってくれることになった。西宮の千賀子の家から神戸の実家まで、一時間たらずで行けるだろうということだ。運転のできない千賀子は、夫婦仲がぎくしゃくしていても、こんなときは、やはり正博に頼らざるを得ない。正博が在宅してるときでよかったと思った。

車の中では、ふたりとも無言だった。

（十年前の淳一のときにくらべて、自分が冷静なのは、年齢を重ねたからだろうか。それとも、心配をする対象が、自分が産んだ子供と、父親とのちがいだろうか）

千賀子は、父親に申し訳ない気がするのと同時に、いまさらながら、母と子の絆というものを感じた。

（あのとき、わたしの命と引き換えに淳一が助かるものなら、何のためらいもなく、命を投げ出しただろう）

女にとって自分の腹を痛めた子供は、自分の命と同じなのだ。そしてそれは、正博の子供とその母親にも言えることだった。

それに気がついた千賀子は、愕然とした。


病院に着いた千賀子を待っていたのは、父親の緊急手術の承認だった。急性の胃潰瘍で、胃に大きな穴があいているという。母親はぼうぜんとしているばかりで、話にならない。

「すぐに手術が必要です。ただし、ご高齢なので、手術中に不測の事態が起こることも十分に考えられます」

七十五歳になった父親に、いまさら手術はかわいそうだ。

「しかし、手術を見送ってこのままでは、生死は時間の問題です」

医師は、家族に選択を迫った。

そのとき、はじめて兄の姿が見えないことに気がついた。

「兄さんたちは？」

運悪く、兄の一家は久しぶりの家族旅行で九州に行っているそうだ。明日の夜、帰ってくる予定らしい。

「もう、連絡したの」

母親は、頭を弱々しく横に振った。ふたりの妹には連絡したようだ。

「兄さん、携帯を持ってるでしょう。番号、わかる？」

「家に帰れば、携帯の番号も泊まっているホテルの名前もわかるけど……」

頼りない母親を責めることはできない。千賀子も、妹たちの携帯電話の番号は手帳に控えているが、兄のほうは必要がないので書いていなかった。男きょうだいと女きょうだいの親密度の差だ。

千賀子のふたりの妹のうち、上の妹は、名古屋に住んでいる。その妹の携帯電話に、連絡が取れた。こちらへ向かっている途中らしい。兄の携帯の番号も、妹に聞いてわかった。千賀子は、このときほど、携帯電話をありがたいと思ったことはない。下の妹は、仙台だ。ひと月ほど前に、三人目の子供が生まれたばかりで、簡単には動けない。

兄や妹たちと電話で相談し、医師の勧めもあって、手術を受けることにした。このままでは死ぬと言われれば、たとえ危険な手術でも受けざるを得ない。七分三分で覚悟をしてほしいと言われた。助からないほうが七分だ。

深夜の手術室の前で、重苦しい時間が過ぎた。母親は、あいかわらず、ぼうっとしているし、妹はまだ到着しない。高速道路を使っても、四時間ほどかかるそうだ。

千賀子が全責任を負わされた形になった。

正博は、ずっとそばにいてくれた。廊下の固いソファに並んで、千賀子は無意識に正博の手を握っていた。二度と正博に触れたくないと思ったことなど、もう忘れていた。

正博の手は、暖かく力強かった。千賀子はいつのまにか、正博に頼り切っていた。

長い時間が過ぎ、胃の八十パーセントを切除した父親は、無事、生還してきた。医師が呆れるほどの丈夫な心臓のせいらしい。

もう、空が明るくなっていた。

病院側は、二、三日、それも夜間だけ、家族に付き添ってほしいと言ってきた。

手術が無事に終わったのを知ると、母親は急に元気になった。自分が付き添うと言い張る。手術直後の父親をひとりにする不安と、年老いて手術などの目に遭ってかわいそうにという気持ちが働くのだろう。それは千賀子にしても同じ思いだ。しかし、

「おかあさん、無理しないで。ゆうべは一睡もしていないでしょう。わたしが付いているから、今夜は家でゆっくり休んでよ」

叱りつけるようにして、母親を納得させた。兄たちも、そろそろ帰ってくるはずだが、旅行で疲れているだろうし、何よりも千賀子自身が、父親のそばにいたかった。

名古屋にいる妹は、夫婦共働きで小さな印刷所を経営していて、明後日が納期の仕事があるそうだ。零細企業にとっては、納期の遅れは死活問題になりかねない。

父親の順調な回復の兆しを確認すると、

「ごめんね。おねえちゃんにばかり、世話をかけて」

と言いながら、名古屋へ戻っていった。

千賀子は、正博に言った。

「わたし、ここに残りますから」

了解を求めるのではなく、宣言だ。正博は、無言でうなずいた。父親の手術の間は、正博にすがる思いだったのに、いまは、また、しっくりしない気持ちに戻ってしまった。自分の身勝手さを後ろめたく思ったが、だからと言って、子供の件は譲歩できる問題ではない。ふみへの伝言も、

あえて口にしなかった。すべては、一時休戦だ。

夜になった。八時半ごろ、消灯前の点滴があった。

父親は、まだ食事も取れないし、排尿は管で処理されている。点滴を見ているだけの役目だ。それがすむと、何もすることがない。万一の急変に備えて、そばにいるに過ぎなかった。傷口が傷むのか、父親はときどき、顔をしかめながら、うとうととしている。千賀子は、

（おとうさん、わたし、相談に乗ってほしかったんだけど）

父親の顔をじっと見た。いまの両親に余分な心配をかけることはできない。兄に相談してみようか。正博に激怒する様子が見えるようだ。大騒ぎになって、すぐに両親の知るところになるだろう。いずれは知れることだが、しばらくは耳に入れたくはない。千賀子は、ひとりで決めなければならなかった。

病室は狭いが、一応、個室だ。部屋には小さなソファがあった。消灯後、そのソファをベッド代わりにして横になった。眠くはないが、目をつぶってじっとしているより仕方がない。すると、どうしても、正博の子供のことに思いが及ぶ。

父親の急病の知らせを受けたときから、千賀子は正博を頼っていた。正博のほうはどうかわからないが、自分の気持ちは、たしかに正博に寄り添っていた。まぎれもなく正博は夫であり、自分は妻だった。

淳一の誕生と成長を喜び、明るい光に溢れていた日々。

事故のあと、お互いの傷を舐め合うようにして、悲しみを乗り越えた日々。

あのころは、幸福と不幸の両極端の中で、ふたりは、たしかに夫婦だった。

どこからか、ずれてきた。やはり、自分がすべての原因なのだろうか。もう、やり直せないのだろうか。それよりも自分は、やり直したいのだろうか。

正博は、千賀子に「別れて欲しい」と言わないのは、なぜだろう。

「あっち」の女とは、「軽い気持ちだった」と言った。その言葉を真に受けるなら、一時の遊びの結果、女が妊娠してしまった。困惑したが、「自分の子供」だと思ったとたん、子供だけ欲しくなった。こういうことなのだろう。ふたりの女を不幸にするという自覚が、まったくない。

千賀子は、会ったこともないあの電話の女が、たぶん、明るくてかわいい顔をしているのだと思った。そして、ふくらんだ胸とくびれた腰をしているが、ただそれだけの女なのだと思った。四十八歳の男にとっては、遊ぶのにはいいが、たぶん、妻にするには、ものたりない女なのだろう。そう思った瞬間、自分は厭な女だと思った。

正博が千賀子と別れたくないというのは、やはり、千賀子を妻として愛しているのだろうか。それとも、淳一の生まれ変わりが授からなかった千賀子への憐憫の情からなのだろうか。では、生まれてくるその子供を、淳一の生まれ変わりだと思えと言うのか。

あまりにも残酷だ。

顔も名前も知りたくないその女の妊娠がまちがいであったら、どんなにいいだろう。だが、現実から目を背けることはできない。正博の子供は、成長を続けているのだ。

千賀子は、果てしのない自問自答を繰り返していた。


いつのまにか、眠っていたようだ。廊下の騒がしさに、目が覚めた。

女が、号泣している。

「かわいそうにねえ」

と、涙まじりの声もした。どうやら、近くの病室にいた人が、亡くなったようだ。泣き声と押し殺したような話し声は、小さなざわめきとともに、廊下を移動していった。

翌朝、トイレの前で立ち話をしている人の声が耳に入った。

「まだ、三歳だったんだって。かわいい盛りじゃないの」

「かわいそうに。おかあさんは、つらいでしょうねえ」

それだけの会話だったが、ゆうべのことだと察しがついた。

三歳の子供が亡くなったのだ。男の子か女の子か。病気か怪我か。何もわからないが、千賀子にとっては他人事ではなかった。その子供が、淳一と同じ、三歳だったということもショックだった。

幼い子供が死ぬのは、哀れだ。

(わたしは、自分の不注意から、淳一の可能性のある未来を絶ってしまった。そのわたしが、もうひとりの子供の未来までも絶つことはできない)

千賀子が、子供を引き取らず、離婚もしないのなら、中絶すると女は言っている。つまり、間接的に、千賀子がその子供の命を絶つことになるのだ。

だが仮に、千賀子が自分を殺して、その子供を引き取ると言っても、女は、産んだ子供を手放すだろうか。いまは、引き取ってほしいと思っていても、子供の顔をみれば気持ちが変わって、自分で育てると言い出すかもしれない。正博も子供の顔を見れば、ますます、自分の手許に置きたいと思うだろう。その結果、正博は、その子供の暮らす家で過ごす時間が増えるかもしれない。

だからと言って、千賀子は、夫としての裏切りの象徴であるその子供を、屈辱に耐えてまで育てる気にはなれない。

ふみを巻き込んで修羅場が起きるのは、目に見えるようだ。

答えは、ひとつしかない。しかし、それではあまりにも、みじめだ。

思いは、行きつ戻りつ、同じところを足踏みばかりしている。

同じような出来事に見舞われた友人がいた。彼女は結婚後、子供ができなかった。苦しい不妊治療を続けているとき、夫が浮気をし、相手の女性が妊娠した。彼女はそれを知ると、即座に離婚届を叩きつけた。

「妻の座を譲ったなんて思わないわ。不実な夫をわたしが捨てたのよ。捨てたものを誰が拾おうと関係ないわ」

けらけらと笑ってみせたが、本心はどうだっただろう。

(わたしも、正博を捨てよう)

と、思った。

彼女のように強い性格ではない千賀子は、しばらくは、恨みと悲しみと後悔に、さいなまれるかもしれない。それでも、捨てなければならないのだ。捨てた正博を「あっち」の女が拾い、産まれた子供とともに、家庭を作ればいい。子供が丈夫に育てば、千賀子のみじめさも、少しは救われるかもしれない。

子供が男の子であってほしいと、千賀子は思った。

父親の急な手術が、いいきっかけになった。淳一が亡くなったとき、

「つらいだろう」

と言ったきり、千賀子の肩を抱いて、一緒に泣いてくれた父親だ。その後も、千賀子の立場を案じ続けていてくれた父親が、自分の身を賭して、進むべき道を示してくれたような気がした。

不本意だが、とりあえずは、実家に身を寄せる以外に道はない。両親にしてみれば、晴天のへきれきだろう。心配をさせて申し訳ないと思う。兄夫婦にも気兼ねだ。しばらくは、父親のそばで、看病に当たろう。回復のめどがついたら、そのあとは仕事探しだ。レストランの皿洗いでも、ビルの清掃でも、何でもして生きていこう。ひとりで住む安アパートも探さなくてはならない。

自活の道を持たない自分が、情けない。だからと言って、正博の庇護を受けるために、屈辱を我慢したくない。

翌日、身の回りのものだけを取りに戻った。わざと、正博が出勤して留守にしている昼間に行った。

「おかあさん、わたし、今日でお別れしますから。正博さんから、子供の話は聞いていてらっしゃるでしょう」

「何もそんな、急に……」

「遅かれ、早かれ、決めなくてはいけないことでしょう。正博さんとは、今夜、電話で話をします。二、三日のうちに、ほかの荷物を取りに、運送屋さんと一緒に来ます」

当座の着替えなどをまとめていると、階下で電話が鳴った。ふみはいないのか、電話は鳴り続けている。仕方なく階下へ降りて受話器を取ると、正博からだった。ふみが、慌てて外の公衆電話に走って連絡したのだろうと察しがついた。

正博は、おろおろした口調で、

「とつぜん、そんなことを言わなくってても……。待ってくれよ。とにかく、今夜は早く帰るから、もういちど、ゆっくり話し合おう。何なら、あの話はなかったことにしてもいいいんだよ」

「何を言ってるの、いまさら。あなた、自分の子供が欲しいんでしょう。わたしは、もうあなたと一緒に暮らす気持ちはなくなったの。あとの事務的なことは、日を改めて話し合いましょう」

千賀子は、正博が何かを言い続けているのを無視して、受話器を置いた。すると、自分でも思いがけず、涙が溢れてきた。

結婚当初の、幸せだった日々。

淳一の事故のあと、抱き合って泣いた夜。

淳一の替わりではなく、生まれ変わりと考えて、つぎの子供が欲しいと願ったころ。

遠い昔のようだ。

でも、どうしていまになって、やさしかった夫ばかり、思い出すのだろう。そして、あのやさしく頼もしかった夫は、どこへ行ってしまったのだろう。

また、電話が鳴った。

(とにかく、今日、俺が帰るまで待っててくれ。頼む)

夫の言葉が聞こえるようだ。

何事にも決断力がないと、いつも笑われている千賀子が、ようやく決心したのだ。いま、受話器を取ると、その決心が揺れるのは、目に見えている。

千賀子は、ぽろぽろと涙を流しながら、旅行鞄の中に、選別もしないまま、衣類をほうり込んでいた。

(わたしは、淳一にしてしまったことと同じ愚かなことを繰り返さないために、この結果を選んだのだ。淳一も許してくれるだろう)

千賀子は宙を見つめながら、手を動かしていた。

やさしかったかつての夫との思い出は、もう捨てよう。あどけない淳一の面影だけを抱き締めて、新しい生活へ歩きだす決心をした。

それなのに、千賀子を引き戻そうとする電話は、まだ鳴り続けている。

千賀子は、もう、電話には出なかった。

冬しぐれ

けたたましい笑い声に目が覚めた。テレビドラマを見ているうちに、いつのまにか居眠りをしてしまったようだ。

順子の眠りを破ったのは、ドラマの中のひとりの女優だ。いや、演技力ゼロだから女優とは言えないかもしれない。品のなさは役柄のための演技ではなく、生来のものだろう。飲み会のようなシーンだ。十人ほどの若い男女が騒いでいる。

午後四時半。専業主婦にとって、もっとものんびりとした時間帯だ。食事の支度には、まだ少し間がある。

十二月になって、めっきりと日が短くなった。順子が、寝起きの怠惰な視線を投げかけた窓の外には、もう夕闇が立ち込めていた。

夫の修一は、ある都市銀行に勤務し、阪神間の小さな支店の支店長職についている。

先日、五十三歳の誕生日を迎えた。

気が小さく、まじめだけが取り柄だ。自他共に認めるその性格のゆえか、出世街道から外れている。いまのポストも、たぶん、まじめさへのお情けだろう。

しかし、定年までは無事に勤められそうだ。夫の言葉によれば、うまくいけば、そのあとしばらくは、どこか第二の勤め先を世話してもらえるかもしれない。

二十五年間の結婚生活で、夫にこれと言った問題はなく、毎日の生活に困ることもない。良介と浩介のふたりの息子たちも、優秀とは言いがたいが、まずまずの学業成績と品行で、まずまずの大学と高校に通っている。

順子も、五十歳になった。更年期障害のきざしがあるが、それもたいしたことはない。中年専業主婦の定番である手芸関係のカルチャー教室と、ダイエット目的のプールに通っている。

順子は、ときどき、自分の家庭ほど、平凡で一般的な家庭があるだろうかと、おかしくなる。

銀行員の夫と、ふたりの息子との四人家族だ。社宅暮らしだったが、最近、マンションを購入した。たぶん、終《つい》の住処《すみか》になるはずだ。

夫婦ともに健康で、ささやかな趣味を持ち、堅実に暮らしている。

夫の両親とも小さな波風はあったが、出るの引くのというまでには至らなかった。

義父の死後、義母の邦江は、やはり未亡人になった修一の姉貞子と、母娘ふたりで暮らしている。いまのところは、元気だ。修一が夏冬のボーナスのときにまとまった小遣いを渡すだけで、あとは義父の残したものと年金とで、日常生活に困ることはなさそうだ。

順子は、いまの生活に満足していた。

ぬるま湯も長く浸かっていると、心地よいものだ。幸せな部類に属する日本の代表的な家庭だろう。

夫の修一は、昨日から三日間の予定で東京へ出張していた。ふだんから手間のかからない夫だが、帰らないとなると、妻の身としては、いっそうのんびりした気分になる。

今日もプールから帰ってきたあと、なんとなくテレビを見始めたのだが、いつから眠ってしまったのか、自分でもはっきりしない。泳いだあとの疲れのせいだろう。

テレビ画面にもういちど目を向けても、眠っていた分だけストーリーが流れてしまって、さっぱりわからない。昼間に放送されるドラマは、再放送のものが多い。このドラマも、以前に見たような気がする。もう見る気をなくした順子がテレビを消したとき、まるでそれを待っていたかのように電話がなった。

あとから思えば、その一本の電話が、順子のそれからの人生を大きく覆してしまったのだった。

順子は、そのときの男の声を忘れることができない。

「山根修一さんのお宅ですか」

電話は、山梨県のある警察署からだった。

「警察？　警察ですか」

いぶかる順子に、

「奥さんはいらっしゃいますか」

「わたくしでございますが」

「じつは……」

ちょっと言いよどんだあと、

「山根修一さんらしい遺体が発見されましたので、こちらまでご足労をお願いしたいのですが」

「いたい？　いたいって」

つぎの瞬間、衝撃が走った。

「遺体って言われましたね。主人が亡くなったんですか」

「所持品の中に、山根修一さんの免許証や身分証があります。それで、奥さんにご遺体を確認をしていただきたいのですが」

悲鳴のような叫び声になった。

「事故ですか。交通事故ですか。怪我ではなく、死んだんですか」

「お気の毒ですが、亡くなられました。詳しくは、直接、お会いしてお話しします」

膝ががくがくと震える。

（しっかりしなくては）

と自分に言い聞かせながら、息子たちの学校へ電話をして、すぐに帰宅させるように頼んだ。

勤務先の銀行へは、警察から知らせが行っているのだろうか。ともかく、銀行へ電話をした。

「支店長が……」

次長の小山は、絶句した。知らせは行っていないようだ。小山は電話をしてきた警察署を確認すると、

「こちらからも、誰かが同行します。すぐまた、ご連絡いたします」

と慌ただしく、電話を切った。

（出張は東京のはずだったが）

順子はふと思ったが、そのときはそれきりになった。

銀行側が車を差し向けてくれた。次長の小山と若い行員に付き添われた順子たちは、すぐに山梨県の警察に向かった。

助手席の小山は黙り込んでいた。このような事態では、当然のことだろう。しかし、順子にしてみれば、わからないことばかりだ。

「あの、警察は詳しいことは何も教えてくれなかったんですけど、交通事故ですか」

「……」

「小山さんも、何も聞いていらっしゃいませんか」

「……はい」

暗くよどんだ空気の中で、順子は、修一の出張先のことを、もういちど思った。

「東京へ出張だと言っておりましたが」

「支店長は、そうおっしゃってましたか」

「ちがうんですか。山梨県だったんですか」

「さあ、わたしは、はっきり聞いておりませんでしたので」

支店長の出張先を、次長が知らないなどということがあるのだろうか。

順子の不審そうな表情から眼を背けるようにして、

「仕事がすんでから、何かご用がおありになったのかも知れません」

小山はそう言うと、それ以上の質問を拒否するように、眼を閉じた。

運転をしている若い男性行員は、無言で前方を見つめている。とつぜんの悲劇に見舞われた支店長の家族を乗せているのだ。たぶん、詳しいことは何も知らされていないだろう。一刻も早く、しかも安全に目的地まで送り届けなければならない。いまは、それだけだ。肩先に、緊張がみなぎっていた。

それにくらべて、小山の態度は、同情だけではない何かがあるようだ。

(あっ、銀行強盗だ)

そうだ。押し入った強盗が銃を乱射したのだ。いや、逃げる強盗を夫が追いかけたのかもしれない。そして、撃たれたのだ。強盗に入られただけでも、たとえ被害はなくても、管理者は責を問われると聞いていた。責任感から夫は追いかけたのだろうか。

愚かなことを……。

順子は、東京出張と銀行強盗追跡では辻褄が合わないことに気がつかなかった。

ただ、混乱しているだけだった。


転がるように警察に飛び込んだ順子にもたらされた事実は、思いがけないものだった。

修一は、自殺だった。

地下の冷え冷えとした部屋に、修一は横たわっていた。眠るにはおよそふさわしくない部屋で、修一は眼を閉じていた。別人のような気がしたが、やはり、まぎれもなく修一だった。

「どうして……。あなた、なぜなんですか」

ぼうぜんとつぶやく順子に、

「奥さんに、二、三、お聞きしたいことがあります」

刑事は、そっと背を押した。

小部屋に案内される順子を、本店から駆けつけた幹部らしい人たちがきびしい目で見送った。

周囲を取り囲まれた順子は、刑事ドラマの取り調べそっくりだと思った。事実、それは取り調べに近いものだった。

家庭が、あるいは修一個人が、最近、金に困っているようなことはなかったか。

家庭不和はなかったか。

交友関係に問題はなかったか。

とくに女性関係はどうか。

順子は不快に思うより、なぜ、そんな立ち入ったことを質問されるのか、わからなかった。あとから思えば、警察として当然のことなのだが、そのときは、修一が死を選んだ理由を早く知りたかった。死んだ時の状況も、まだ聞いていない。

ひとしきり、我慢を重ねた時間が過ぎたあと、順子はさらにショッキングな事実を知らされた。

「山根さんは、女性と一緒でした」

「は？　女性？　どなたですか」

一瞬、何のことかわからない。

「いま、身元を調べています」

「……」

「つまり、女性と心中したんですよ、山根さんは。奥さんには相手の心当たりはないんですか」

「しんじゅう……」

「捜査の結果、犯罪性はないと判断されました」

順子は、テーブルの端をにぎりしめて、

「心中だなんて、どうして、どうして」

とつぶやき続けていた。

その順子の様子を見て、刑事は声音を和らげると、わかっているだけの状況を説明し始めた。

それによると、富士山麓の青木ヶ原樹海で修一たちが発見されたのは、今日の午後二時ごろらしい。

自殺の名所といわれた青木ヶ原樹海だが、最近は樹海を訪れる観光客も増えた。安全のための遊歩道が整備されたぐらいだ。遊歩道を歩いている限りでは心配ないが、はずれると迷って危険であることには、いまも昔も変わりはない。もっとも、この季節では、めったに観光客の姿を見ない。

発見したのは、冬の樹海の写真を撮りに来たアマチュアカメラマンだった。

樹海には、遊歩道から少し入り込むと、窪地や洞窟が多い。そのひとつの窪地に、ふたりは頭上に張り出した太い枝から、ひっそりとぶら下がっていたそうだ。

修一の身元は、所持品からすぐ判明した。死亡時刻は、昨夜の十一時すぎと告げられた。順子は、その言葉を聞いて、

「……十一時ですか。そのころ、わたし、何をしていたんでしょう」

と、つぶやいた。もうベッドに入っていたかもしれないし、テレビを見ていたような気もする。どうでもいいことを、宙を見つめて考えていた。

そんな順子を、刑事が憐れむような目で見ていた。

警察から解放された順子は、つぎに銀行側から根掘り葉掘りの質問を受けた。本店から来た幹部の刺すような視線に、

(まるで取り調べの続きのようだ)

順子は、身をすくめた。

金融機関に勤務する者が、使い込みが発覚しそうになって、愛人と逃避行、そして自殺というのは、あまりにも一般的なケースだ。

修一の場合も、銀行が、まずそれを疑ったのも無理からぬ話だろう。

順子は、あまりにもとつぜんのできごとに、まだ正常な考えが働かない。他人ごとのような気

がする。その一方で、幹部たちの態度に納得がいった。

使い込みなどは、修一のまじめな性格から考えられない。しかし、支店長という職についている人物が、妻以外の女性、とうぜん愛人と思われる女性と心中したなど、銀行の体面上、由々しき事件なのだ。順子にしてみれば、降って湧いたような女性の存在が信じられない。ぼうぜんとするばかりで、夫が死んだということに実感がともなわない。

順子は、まだ自分が一滴の涙もこぼしていないことに気がついていなかった。

「金銭的な不祥事はないと信じていますが、いま、調査中です」

腹立たしそうな声が響いた。出張ではなく、三日間の休暇届が出ていたことも知らされた。

順子は息子たちとともに、銀行側から強く言い渡された。

「いいですか。山根さんは、出張中、心筋梗塞で急死したのです」

「どういうことですか」

長男の良介が小さな声で聞いた。

「そういうことです。お父さんは、ホテルの部屋で、ひとりで泊まっているときに急死されたのです」

良介は無言だった。銀行側の意図は、彼にもわかったのだろう。次男の浩介は泣きそうな顔をして、ひと言も発しない。順子が顔をあげると、

「息子さんたちは、これから実社会に出て行く身でしょう。就職にも結婚にも、そのほうがいいと思いますよ」

銀行の体面を思えば、病死でなければ困るのだ。だが、それは順子の側にも言えることだった。ふたりの息子には将来がある。父親のほんとうの死因を、できることなら隠し通したい。銀行側の身勝手を感じるが、こちらの意に添うことでもある。

順子は、了解と感謝を込めて頭を下げながら、もし、ほんとうにそうなら、どんなにいいだろうと思った。しかし、実際にそんなことが通用するものだろうか。

「でも、警察のほうは……」

「ああ、もちろん、公的な書類は、ごまかすことはできません。でも、死亡診断書を見せる必要のないところには、病死ということにされてはいかがですか。わたしたちも一部の者にしか、真相は伝えないつもりです」

「はい、わかりました」

「弁護士を紹介します。すべて、その指示にしたがってください」

そうだった。修一は、銀行にも多大の迷惑をかけたのだ。いまごろ、気がついた。銀行の言うままにするほかはない。

もうひとつのことにも、ようやく思いが至った。

「あの、相手の方は、どこの方なんでしょうか。わたし、どのようにしたら……」

「それは弁護士に任せてください」

ぴしゃりと言われた。順子は体の縮むような思いに、はじめて修一を恨めしく思った。

それからあとの順子は、銀行の差し向けた弁護士の言うままに、ロボットのように動いた。感情はどこかへ置き忘れたように、自分が自分でなくなっていた。

修一のことは、新聞には報じられなかった。犯罪性がないから、マスコミの関心を引かなかったのかもしれない。またそのころ、海外で航空機事故があり、日本からの団体ツアー客が何人か犠牲になった。新聞はそのニュースに多くの紙面をさいていたということもあった。それともあるいは、どこかで順子の知らない大きな力が働いたのかもしれない。

何でもいい。順子は深く考えないようにして、修一のことなど、世間が一日も早く忘れてくれることだけを願っていた。

慌ただしく葬儀が終わり、四十九日が過ぎると、ようやく平静がもどってきた。

順子は、銀行から紹介された中年の弁護士を通じて、いろいろなことを知った。

修一と一緒に死んだ女性は、神戸の三宮にある小料理屋のママだった。彼女がひとりで切り盛りしている小さな店だそうだ。修一とは、三年ほど前からの深い付き合いだったらしい。

「五十歳だったそうです。そんな、若くもない女のどこがよかったんですかねえ」

弁護士は、口をすべらせた自分の暴言に気づいていない。

順子は、心中の相手が自分と同年齢であることに、さらに心が傷ついた。若い女だったら、若さに負けたのだと自分を諦めさせたかもしれない。しかし、同年齢という事実は屈辱だった。順子という妻を捨てるだけの魅力を、まだその女は持っていたのだ。だからと言って、若い女だったら夫を許せたのかと自分に問いかけても、答えは出ない。

「まったく、ご存じなかったんですか」

弁護士は、憐憫とも侮蔑ともつかない表情で順子を見た。順子は、うつむいてうなずくだけだった。

「まじめがスーツを着て歩いているようだと友達にからかわれた」と、当人が苦笑していたような夫なのだ。順子は彼の女性関係など、疑ったこともなかった。

結婚当初はそれなりに甘やいだ日々だったが、銀婚式云々のいまでは、淡々とした毎日だ。しかし、順子は夫の修一に何の不満もなく、修一のほうも妻に対する態度に、変化はなかった。自分たちは、世間並みの普通の夫婦だと思っていた。

自分のうちにひそんでいた夫への無関心さに、しっぺ返しをされたのだろうか。

順子は、いまでも夫の心中事件が信じられない思いだが、目の前につきつけられた現実から逃げることはできなかった。

修一は体面を重んじる職場の手前、簡単に妻子を捨てて他の女性と結婚できない。

ママには、傷害事件で服役中の男がいた。その男がもうすぐ、刑期を終えて出所してくる。銀行を辞める覚悟で修一が離婚したとしても、ママのほうは、男がすんなりと別れてくれるとは思えない。

ふたりの仲は、最初はともかく、いまでは単なる浮気ではなく、真剣に愛し合っていたのだ。

「奥さんには酷だが、浮気にとどめておけばよかったのにねえ。まじめな性格が災いして、にっちもさっちもいかなくなったんでしょうなあ」

弁護士は話したあと、ためいきをついた。

修一は、一年前にいまのマンションを買った。ずっと社宅暮らしで、自分の家を持つのは退職してからでいいと言っていたが、急に、それもほとんど、順子には事後承諾で買ってしまったのだ。いまから思えば、もしも離婚した場合の順子へ渡す準備だったのだろうか。

ママとの仲を、浮気ですませることができない。

妻の順子に打ち明けて、別れてくれと頼むことができない。

ママの男と対決する度胸もない。

仕事も家庭も捨てて、出奔する勇気もない。

ないないづくしの修一だった。

どうすることもできなくなったふたりは、ともに死ぬことを選んでしまったのだ。

修一の金銭的な疑いは晴れたが、銀行側の対応は冷たかった。当然である。退職金が支払われただけでもよかったのだ。順子は、病死の件に加えて、銀行側の処置をありがたく思った。もっとも、その額は、以前に修一が試算してみせた数字とは、くらべものにならないほど少なかった。弁護士などにかかった経費を引いているのだろう。

(あのときの退職金の試算も、辞職と離婚を念頭に置いていたのだろうか)

妻子への責任と、ママへの愛情の板挟みに苦しんでいた夫が、見えるようだ。

でも、最大の被害者は自分なのだ。何も知らず、のんきに過ごしていたおめでたい女が自分なのだ。そして、遺書の一枚も残されなかったみじめな妻なのだ。

順子は、ときとして、ふと湧いてくる夫への憐れみと夫に死なれた悲しみを、恨みと怒りと屈辱感で覆い隠した。

そんな順子に、義母の邦江と義姉の貞子の「それもこれも、順子がいたらぬ妻だからだ」という理不尽な罵りが浴びせられた。

「家庭が面白くないから、男は外へ逃げるのよ」

「修一は、曲がったことは絶対にしないやさしい子だったのに、結婚してから人が変わってしまった」

順子は怒りのあまり、言葉も出なかった。踏み付けにされたのは、自分なのだ。自分の落ち度は、夫の行状に気がつかなかっただけなのだ。

さらに順子には、ママの男に言いがかりをつけられて脅されるのではないかという恐怖もあった。それなのに、すべての罪は、順子にあるように非難された。

邦江と争うのは厭だった。邦江も哀れなのだ。わが子に先立たれるのさえ、耐え難いほどの悲しみなのに、修一は自らの手で命を断ったのだ。

これ以上の親不孝があるだろうか。

それを考えると、順子は邦江を気の毒に思う。邦江のために、新たな修一への怒りが込み上げてくる。ほんとうなら、手を取り合って泣きたいところなのだ。それなのに、邦江も精神的に混乱しているのだろうが、順子の神経を逆なですることばかり言う。醜く顔を歪めて、口から唾をとばしながら邦江は罵った。順子は、目をつむり、耳をふさいで耐え、邦江の言葉をやり過ごした。

銀行側の弁護士の言うとおり、義母と義姉、自分の両親以外の親戚には、病死で押し通した。息子たちの学校にも、特に聞かれないのを幸い、それで通した。しかし、親戚には、義母か義姉かが、いつかは口をすべらせそうな気がする。そのときの親戚中の好奇と非難の目がこわい。

順子は、もう何もかも厭になった。

一年間だけ、我慢をした。一周忌がすむと、修一の籍から離れた。

邦江は、

「あんたは、長男の嫁じゃないの。わたしたちを最後まで介護する義務を忘れたの」

と、わめき、

「嫁の勤めを果たさないのなら、修一の妻とは言えない。退職金はもちろんのこと、修一の収入でできた蓄えを、ぜんぶ置いていきなさいっ」

と、叫んだ。

「修一をあんなふうに追い込んだのは、あんたじゃないの。鬼、鬼嫁っ」

と髪を振り乱して泣いた。

順子は、ただ、おぞましかった。そして、目をつむって義母たちの老後を見捨てた。

(自分を鬼にしたのは修一なのだ。恨むなら、修一を恨みなさい)

と言いたかった。

息子たちは、ぞうきんのようにぼろぼろになった母親に、しっかりと寄り添ってくれた。若者らしい潔癖感からか、母親への同情からか、祖母への血のつながりも父親の記憶も、断ち切ろうとしているようだ。

順子は、息子たちに甘えて立ち直ろうと思った。

息子たちと三人だけで三回忌を終え、これで修一に関わるすべてに決着をつけることにした。

修一の持ち物いっさいを処理しようとして、思いがけず、遺書を見つけた。

小学校から大学までの修一の成績表や卒業証書などを入れている手文庫がある。それを開けると、いちばん上に封筒が入っていた。修一のものばかりだからと思って、順子は、蓋を開けることもしなかったのだ。修一がどうしてこんなところに入れたのかは、知るすべもない。

「順子様」と書かれた文字を見て、遺書であることは、開けなくてもすぐに察しがついた。

修一と相手の女性が心中したのは事実だし、警察も、現場検証や司法解剖の結果、犯罪性はないと断定した。しかし、順子の心の奥底では、修一は道連れにされた被害者なのではないか、つまり、無理心中ではなかったのかという思いが、浮かんでは消え、消えては浮かんでいた。また、ふたりが樹海を歩いていたとき、何かのはずみに、そこにあったロープがふたりの首にひっかかったのではないかなど、ばかばかしいことを思った。

それほど、順子には想像のおよばない修一の死の在り方だった。自殺を決定づけるものが順子の周囲に何もないのも、一因だった。

だから、遺書だと思われる白い封筒を見たとき、

（とうとう、こんなものが出てきた）

と思った。

見るのがこわかったが、やはり、見なくてはならない。しばらく、修一の文字を見つめたあと、封を開けた。

「順子に何の不満もないのに、ふとしたはずみでひとりの女性を愛してしまった。彼女の事情。彼女の身に危険が及ぶかも知れないことへの責任。自分たちの前途に光はないが、どうしても別れられない。考えるのに疲れてしまって、卑怯だとはわかっているが、ふたりで死に逃避したくなった」

などが、したためられていた。そして、ひたすら、順子と息子たちへの詫びがつづられていた。

別れてくれと言われたら、自分はどうしただろう。想像がつかなかった。修一も、打ち明けたときに起こる事態が予測できなかっただろう。気の弱さのせいか、逃げることばかり考えている。

遺書の文字の乱れは、修一の涙の跡だったのかもしれない。

（あなたって、ばかねえ）

思わずもれた苦笑に、涙がまじっていた。

遺書を見たことで、ますます、けじめをつけようという気持ちが強くなった。

あの衝撃の電話を聞いた日から、二年の月日が流れている。

今年もあとわずかで、終わろうとしていた。恨みが消えたとは言えないが、日に日に薄らいでいくのを感じる。しかし、家の中にまだまだ残っている修一の衣類や、持ち物、書類などの筆跡を見るにつけても、

（どうしてなの）

と、消えることのないいらだちを覚える。

自分には、修一に対するやさしさやいたわりが欠けていたのだろうか。

修一が他の女性に走った原因は、義母の邦江が言ったとおり、自分にあるのだろうか。

顔も名前も知らずじまいになった女性だったが、自分とはくらべものにならないほど、美しい人だったのだろうか。

際限のない自問自答と、くすぶり続ける怒りと恨みが、順子を悩ませる。

二十五年の結婚生活は、理不尽な方法で終わらせられた。残された自分の人生は、たぶん、二十年近くあるだろう。

（いまさら、どうしようもない）

と、むりやり自分を諦めさせながら、暗い月日を過ごしていくのだろうか。

息子たちは、順子に仕事をすることをすすめるが、何の資格も技術も持たない順子にできることとは限られている。金銭よりも、順子に前向きに生きてほしいと思っている息子たちの気持ちは、

痛いほどよくわかる。修一の退職金や年金で何とか生活はできるものの、さらに収入があれば心強い。だが、積極的に職を探そうという気には、いままでなれなかった。

薄ら寒い昼下がりだ。順子は、ぼんやりと窓際に立って外を見ていた。

背のあたりに、寒さが忍び寄ってきた。

曇った空から、急に雨が落ちてきた。

冬しぐれだ。

暗さと寒さを感じさせる雨だった。いまの自分のようだ。

だが、しばらく眺めているうちに、しぐれは、あがりそうな気配を見せてきた。空も少し、明るくなってきたようだ。

(年が明けたら、仕事探しにかかろうか)

順子は、そう思った。

疫病神

豊子は着替えもせずにぼんやりと座っていた。さきほど、帰宅したところだ。

(荷物が置き引きに合うのならわかるけど、物が増えているなんて)

豊子は困惑していた。

もう六時をまわっていたが、夕食の支度をする気にもならない。食欲もない。五十歳を過ぎると、油っこいものは、しだいに敬遠するようになった。空腹になれば、あとで残り物をおかずに塩鮭を添えてお茶漬けでも食べよう。ひとり暮らしでは、こういう気ままが許される。

目の前にある一冊の本を眺めていると、また、やり場のない怒りが込み上げてきた。豊子は、その本を指先でテーブルから床へはじき落とした。おぞましいものは、視界から消すに限る。ばさっという音に、何度目かのため息がかぶさった。

たしかに迂闊だったのは、認める。

電車の中で右隣に誰かが座り、豊子の荷物に手を触れた。しかし、それに気がつかなかったのだ。

残っている有給休暇を取り、久しぶりに邦子のところへ遊びに行った。邦子は、高校時代からの友人だ。半年に一度くらい、映画に行ったり、お互いの家を訪れたりしている。豊子の住んでいる神戸と邦子の住んでいる京都は、遊びに行くのに手頃な距離だった。

平日の昼下がりだ。車内は、よくすいていた。春の穏やかな日差しを窓越しに浴びながら、豊子は文庫本を読みふけっていた。最近、話題になっているミステリーだ。

バッグはひざの上にのせていたが、手土産の菓子を入れた紙袋は、座席の右側に置いていた。菓子しか入っていないから、バッグほどには注意を払っていなかった。

電車が止まったので顔を上げると、降りる駅だった。あやうく乗り過ごすところだ。豊子は読んでいた文庫本を、紙袋にほうり込んで飛び降りたのだった。

豊子がその本に気がついたのは、邦子のマンションで、手土産を紙袋から出したときだった。

「珍しくもないクッキーだけど、一緒に食べようと思って……。あら?」

本が一冊増えていた。

豊子が車中で読んでいた小説には、カバーをかけてなかった。しかし、もう一冊の本には、どこかの書店のものらしい包装紙を兼ねたカバーがかかっていた。新書判だ。

（あら、いやだ。わたし、二冊も本を持ってきたのかしら）

邦子にクッキーを渡したあと、

（何の本を持ってきてしまったのだろう）

不審に思いながらその本を手に取ったとき、カバーがはずれて表紙が剥き出しになった。

仰天した。

『若き未亡人の悶え』

女性の裸身に重ねて、書名が印刷されていた。題名を見ただけで、分野が特定できる小説だ。

反射的にその本を元の紙袋に突っ込むと、両手で押さえつけた。

（なぜ、お菓子の紙袋の中に、こんなものが入っているのだろう）

「どうしたの。ぼんやりして」

紅茶を運んできた邦子の声に、我に返った。

「ううん、あの、そう、なんでもないわ」

意味不明の言葉を発したあと、あわてて二冊の本を、紙袋ごとバッグに押し込んだ。大きめのバッグでよかった。邦子は気がつかなかったようだ。話題は、最近、見た映画の話に移り、豊子をほっとさせた。

しかし、この出所不明の一冊の本は、そのあとの豊子を、楽しい語らいに引き込んではくれなかった。ともすれば機械的なあいづちを打っていたり、急に関係のないことを言い出したりしていた。

邦子もそんな豊子に気がついたのか、ときどき探るような表情をする。

(実はね)

と打ち明けようかと思ったが、邦子が半信半疑になるだけだと思いとどまった。豊子自身も、さっぱり訳がわからないのだ。

豊子は、この種の小説を買ったこともなければ、誰かに借りたこともない。夫が亡くなったあと、誰にも後ろ指をさされないように、また、ひとり息子の孝弘に恥をかかせないようにと、ことさら身を律してきたつもりだ。その自分が、こっそりと、この種の小説を読んでいたなどと思われるのは心外だ。

七年前に夫が交通事故で急死したとき、邦子は親身になって慰め、励ましてくれた。あれ以来、友情がさらに深まったように思う。

豊子にとって夫のとつぜんの死は、この上もない不幸だった。だが、力になってくれる親きょうだいや邦子をはじめとする友人たち、職場の同僚などがいた。

それにもまして豊子には、当時、高校二年生だった孝弘の存在が大きかった。

（この子を一人前にしなくては……）

その思いを支えにして過ごしてきた七年間だった。その孝弘も大学卒業後、大手とは言いがたいが、食料品関係の会社に就職できた。いまは手許を離れている。父親を亡くしてから、見違えるほどたくましくなった。

豊子は、結婚前、市役所に勤めていたが、その後も仕事を続けていた。多少の配置替えはあるが、転勤などの異動はなく、まじめにさえ勤めていれば定年までいられる。その六十歳の定年まで、まだ八年もある。試験を受けて、上の身分にあがろうという気持ちはなかった。息子や娘のような若い人たちに指図されて働くのも、少しも苦にならない。むしろ、気持ちが若返って楽しいくらいだ。

夫が亡くなったあと、仕事を続けていてよかったと、つくづく思った。薄給だが、孝弘が自立してくれたいまは、贅沢さえしなければ、なんとかひとり暮らしはできる。高価な宝石も毛皮も欲しいと思ったことがない。ブランドものにも関心がない。住まいも古ぼけた小さなマンションだが、ローンの残りは、購入時の夫の生命保険で賄えた。

豊子はいまの生活をありがたいと思っている。すべて夫から貰ったものだ。そのとつぜんの死は悲しかったが、よく似た面差しの息子を残してくれたのが慰めだ。

夫は、共働きに協力的だった。そのおかげで豊子は、仕事を続けられた。夫に急死された世間一般の妻が直面するであろう職探しの苦労を、しなくてよかった。まじめだった夫。やさしかった夫。その愛情に報いるためにも、自分の生活は清く正しくあらねばならないと思いつめ、実践してきたのだ。最近、世間を騒がせている不倫などは、映画や小説で面白おかしく取り上げているだけだと思っている。

(夫が妻以外の女性と、あるいは妻が夫以外の男性と……。おお、厭だ)

想像するだに、おぞましいことだ。現実にあることだとは信じがたい。

いつだったか、郵便受けにアダルトビデオの通信販売のチラシが入っていたことがあった。気がつかずに、夕刊と一緒にそれを部屋まで持ち帰り、

(何の広告かしら)

と、しげしげと見てから、驚いてほうり出したことがあった。小さく破って捨てたあとも、そのようなものに触れた自分の手が汚らわしくて、痛くなるまでセッケンで手をこすったものだ。

小説を読むのが好きな豊子だが、この類いの小説は読みたいとは思わなかった。いや、読んではいけないのだ。こんな世界に足を踏み入れるということは、亡き夫を冒瀆することなのだ。豊子はそういうかたくなな思いを絶対のものとしていた。

小さなひとつの出来事が、豊子をことさら、そういう思いに駆り立てていた。

夫が亡くなった翌年、孝弘が大学受験を目指してがんばっていたころのことだ。

ある日、孝弘のところへ友人の片岡が来た。しばらくして、おやつがわりのうどんを持って部屋の前へ行ったとき、中から聞こえてきた片岡の声に、豊子は、ぎくりとして立ち止まった。

「お前のおかあさん、再婚しないのか」

「さいこん？　ああ、再婚か」

「お前、何も聞いてないのか」

「えっ、うちのおふくろさん、再婚するのか」

孝弘の驚いた大きな声が聞こえたが、豊子のほうが驚いた。

「いや、そんな話はないのかってことだ」

「知らない。聞いたことない」

「じゃあ、しないんだろう。いいなあ」

「お前のおかあさん、再婚するのか」

片岡に父親がいないということを、豊子は知らなかった。

「ちゃんとした再婚じゃない。いまは、男がずるずると家の中に入り込んでるって状況だ。俺、気が散って勉強も何もできない」

「……」

孝弘は、どう言えばいいのか、わからないらしい。豊子は、声をかけるきっかけを失ってしまった。

「母親が再婚するのも厭だけど、知らない男がいつの間にか、大きな顔をして家にいるのは、もっと厭だ。お前だったら、どう思う?」

「うん、厭だ」

孝弘はきっぱりと言ったあと、慌てたように付け加えた。

「いや、お前のおかあさんも、何か事情があったんだろう」

「どんな事情があるってんだ。不潔なだけだ」

「……うん」

「お前のおかあさん、きちんとした勤めなんだろう。きっと男なんかいないんだろう」

「うーん、そんなもん、いないと思う」

あとは、ふたりとも無言だった。豊子はうどんを持ったまま、そっと引き返した。

片岡の父親は、亡くなったのだろうか、それとも離婚したのだろうか。いつごろのことだろう。再婚するのか、しないのか、いずれにせよ、自分の男性問題で、大学受験という大切な時期の息子をこんなに悩ませて、それでも母親かと言いたい。

豊子は、耳に入ってしまった話を、もちろん、孝弘にはしないつもりだった。それなのに、その夜の食事のとき、孝弘がぼそっと言った。

「片岡の奴、おかあさんとうまくいかないらしい。かわいそうに、勉強もはかどらないようだよ」

「あら、どうしたの」

白々しいが、豊子としてはこうでも言わないと仕方がない。

「ランクを下げて、どこでもいいから、どこかの大学に入って家を出ると言っている。どこもだめだったら、働くって」

「そんなこと言ってるの」

「とにかく、家を出たいんだって」

「片岡くん、きょうだいは？」

「たしか、中学生の妹がひとり、いるよ」

その妹は、母親のことを、どう思っているのだろう。むつかしい年ごろだ。再婚するのなら、子供たちの了解を得て、きちんと手順を踏んでからにすればいいのにと思った。

孝弘は、しばらく黙って箸を動かしていたが、ふいに、

「おかあさんも、再婚したいと思う？」

片岡の悩みが、母親の男性関係だということを言ってしまったも同然だ。

「そんなこと、考えたこともないわ」

豊子は、ほほえんだ。

「お父さんより素敵な男の人って、世の中にいないわ。いい思い出があるから、それで充分よ。ああ、それにあなたもいるし……」

「ちぇっ、ぬけぬけと息子に言う科白かよ」

孝弘が、憎まれ口を叩きながらも、ほっとしたような表情を浮かべたのを、豊子は見逃さなかった。

片岡の母親にも、他人にはわからないさまざまな事情や思惑があるのかもしれない。だが、子供を悲しませたり、苦しめたりしてはいけない。豊子は、孝弘にこんな思いは絶対にさせないでおこうと思った。幸か不幸か、豊子には、再婚話はおろか、言い寄る男も皆無だ。そんなものは要らない。さびしくても、夫の思い出があればいい。孝弘に「不潔な女」とだけは思われたくない。これまでも、これから先も、自分にとっての男性は、亡くなった夫ひとりだけだ。

豊子は、その思いをよりどころにして生きていくことを、いまさらながら心に決めたのだった。

このように、まるで修道女のような考え方をして暮らしている自分のところへ、こともあろうに、どうしてこんな場違いな本が飛び込んできたのだろう。

心がそこにないような豊子と、不審に思っているらしい邦子との会話は、ともすればぎくしゃくとなった。それに気がつき、お互いにさりげなく修正する。その繰り返しで豊子は疲れてしまった。邦子にすまなく思いながら、予定より早めに辞したのだった。

帰りの電車の中でも、この本のことが脳裏から離れなかった。読書の続きをするどころではない。

(いつ、誰が入れたのだろう)

文庫本に夢中になっていたときのはずだ。隣に座った人が、自分の荷物とまちがえて入れたのだろうか。それとも不届き千万にも、この紙袋を不要になった本の捨て場所にしたのだろうか。

気がついたときの豊子の反応を見たくて、からかったのかもしれない。

クッキーの箱は、紙袋の底に水平に収まっていた。商品のサイズに合わせて作っているのだろう。新しい紙袋だから、もちろん、しっかりしている。電車の座席に置くと、大きく口を開けたままになる。本の捨て場所に困った不逞の輩にとっては、

「ねえ、ここへ入れてもいいよ」

と、言っているようなものだろう。

乗り過ごしそうになって急いで降りたとき、右隣に人がいたかどうかは、まったく記憶がない。いずれにしろ、いまさら詮索しても仕方のないことだった。

そうだ。この忌まわしいものを、一刻も早く処分しなければいけない。

(どのように処分したらいいだろう)

バッグの中に本が入っているのさえ、我慢できない。このバッグは、夫が亡くなる一年ほど前に買ってくれたものだ。それほど高価な品ではないが、豊子は大切にしている。死ぬまで使うつもりでいた。夫の愛情の証《あかし》である大切なバッグの中に、とんでもないものを入れてしまった。

(あなた、ごめんなさい。こんな本は、すぐにどこかへ捨てますからね)

そうだ。駅のホームには、かならずゴミ箱がある。そこへ捨てればいいのだ。

電車を降りた豊子はゴミ箱に駆け寄ろうとしたが、その周囲には何人かの男たちが群がって夕バコを吸っていた。ゴミ箱の上部が灰皿になっていた。ホームは禁煙だが、ここだけが喫煙場所になっているのだ。ひとりの男の腰が、ゴミ箱の投入口をふさいでいる。

「どいてください」

とは言えなかった。

そうだ、改札口のそばにもあるはずだ。

折から、時刻はラッシュのピークだった。帰宅を急ぐ人たちで、ごった返している。その中を泳ぐようにゴミ箱に近づいた豊子は、ぎくりとして立ち止まった。うさん臭い風体の男がひとり、豊子よりひと足さきにゴミ箱に近寄ると、顔を中に突っ込むようにして何かをあさりはじめた。

金目になりそうなものを物色しているようだ。

仕方なく回れ右をした豊子は、別の改札口に向かった。豊子は、このＪＲの駅で別の小さな電車に乗り替える。毎日、この駅を利用しているから、どこにゴミ箱があるかは熟知している。目指すゴミ箱に向かって歩きながら、バッグから本を出そうとしたとき、

「あら、いまお帰りですか」

とつぜん、声をかけられた。同じマンションに住む顔見知りの主婦だ。豊子が通勤の帰りだと思ったらしい。あえて訂正もせず、

「はあ」

と言いながら、豊子はバッグの中の本から手を離した。わざわざ、駅のゴミ箱に本を捨てたとあらば不審がられるだろう。内心、ため息をつきながら、連れ立って帰ってきたという次第だ。

翌朝、あわただしく食事をしながら、生ゴミと一緒に捨てることを思いついた。今日はちょうどゴミの収集日だ。ポリ袋に生ゴミや紙くずと本を入れて、口を結んでみた。ひとり暮らしはゴミの量が少ない。本がやけに大きく見える。

（あら、本が捨ててあるわ）

（たとえ一冊でも小学校の廃品回収に出してくれればいいのにねえ。どこのうちなの）

豊子のあとからのんびりとゴミを捨てにきた主婦たちが、ひょっとしたら、こんな会話を交わ

すかも知れない。何かのはずみに、これが豊子が出したゴミで、しかも本の内容が知れたら……。ああ、だめだ。このマンションでは捨てられない。

実は、昨夜、キッチンのガスコンロで燃やそうかと考えてみた。しかし、紙一枚ならともかく、本一冊を燃やすのは危険だ。一戸建の家なら裏庭で燃やせば簡単だが、猫の額ほどのベランダしかない豊子の住まいでは、できない相談だ。

出勤時間がせまってくる。豊子は、生ゴミに出すことを断念した。ゴミの中から本を引っ張り出してみると、表紙に描かれた女の顔が、生ゴミの汁で汚れていた。少しだけ、溜飲が下がった。

豊子は、本をポリ袋に包み、通勤用のバッグに入れた。どうせ捨てるのだから本が汚れるのはかまわないが、たとえ自分のゴミから出た汁でも、バッグが汚れるのは厭だ。

朝の出勤途上で捨て場所を探すのは、気ぜわしいので諦めた。勤務が終わるまで、本はバッグの中に入ったままだ。仕事中も、ロッカーの中のバッグが気になって仕方がない。ロッカーに鍵はなかった。安物しか購入しないところが、お役所のせちがらいところだ。もちろん、同僚の誰ひとりとして無断で他人のロッカーを開けたりする者はいないし、ましてや、バッグを覗くことなどするはずがない。わかってはいるが、誰かに見られはしないかと不安だった。

（そうだ、本を厳重に包もう。何の本か、すぐにわかるから不安なのだ）

本は、書店のカバーのままだった。適当なものがないかと事務机のひきだしを開けてみると、銀行名が印刷された封筒が目に入った。引き出した現金を持って帰ったあと、捨てるのはもったいないので、何かに利用するつもりで置いていたものだ。

昼休みを待って、豊子はバッグを持ってトイレに飛び込んだ。本が便器の中へ流れてくれたらすべて解決するのだが、それも不可能なことだ。銀行の封筒に入れると、まるで札束のようになった。思わず、苦笑いした。事務室へもどり、こそこそと周囲をうかがいながらセロファンテープでしっかり封をすると、ふたたび、バッグの底に入れた。

少し、安心した。

帰り道で、どこかのゴミ箱にほうり込むつもりだ。役所内で捨てるのは論外だった。自由に使える焼却炉はあるが、灰になるまでに誰かの目に触れないとも限らない。それにくらべると、不特定多数の人間が利用する繁華街のゴミ箱などに捨てるほうが安全だ。たとえ、清掃業者のおじさんが見つけて喜んで持ち帰ったとしても、誰が捨てたのかはわからない。

帰りは、いつもとちがう道を通った。知っている顔に会いたくなかったからだ。昨日のように混雑した駅でも、知人に会う場合があるのだから、職場の近くでは、同僚などに会う確率は、もっと高い。捨てる現場を目撃されて不審がられたり、中身を詮索されたら大変だ。

地下街へ入った。相変わらず、混雑している。ゴミ箱を探すのだが、意外に少ない。左右に目を走らせて歩く豊子が、

（あ、あった）

と近寄ろうとすると、人待ち顔の若者がもたれていたりする。

モダンな地下専門店街などのゴミ箱は、周囲に合わせておしゃれにできているので、一見、ゴミ箱とは思えないときがある。不潔感がないので、うっかり、もたれてしまうのだろう。そのせいで、豊子もいままで見落としてきたのかも知れない。

また、見つけた。

（さあ、捨てよう）

とバッグを開けたとき、横を歩いていた見知らぬ初老の女性と目が合った。捨てそびれた。適当な通路を曲がってみると、極端に人通りの少ないところに出た。

（こういうところに、ゴミ箱があればいいんだけど）

見渡すと、二十メートルほど前方に、ゴミ箱らしきものが見えた。

（あった。ああ、よかった）

バッグから取り出した本を手に持って、走り寄った。ところが近寄ってみると、「消火器」の赤い文字があった。消火器なら、箱で覆わずに剥き出しでも、いっこうに差し支えがないはずだ。それどころか、目立つように置かないと意味がない。防災責任者は、何を考えているのだろう。

豊子は、無性に腹が立った。

本を手に持ったまま、やみくもに歩いた。目だけは、忙しく左右に走らせていた。豊子の頭の中には、ゴミ箱しかなかった。とにかく、この本を早く捨てたい。

捨て場所を求めて、地下街をあちこちと歩き回っているうちに、ここがどこかわからなくなってきた。住み慣れた街だ。地上へ出れば場所がわかるはずだから、迷子になる心配はないが、おぞましいものを処分して、一刻も早く家に帰りたい。焦っていた。だからさきほどから、ひとりの青年が、豊子の後ろをつかず離れず歩いていることなど、まったく気がついていなかった。

ゴミ箱らしきものがあった。飛び上がらんばかりに駆け寄ろうとしたとき、豊子は前につんのめって転んだ。

後ろから突き飛ばされたのだった。何ごとが起こったのかわからず、豊子は冷たい床の上に座ったまま、自分のそばから走り去るひとりの青年の後ろ姿を見ていた。

「大丈夫ですか」

中年の夫婦らしいふたり連れが、駆け寄って手を差し伸べてくれた。

「なんという奴だ。乱暴にもほどがある」

「いまのは、ひったくりじゃないの」

妻らしい女性が、金切り声を上げた。

「えっ、あんた、ハンドバッグは？」

夫らしい男性がせき込むように聞いたのと、豊子が何も持っていない自分の手許を見て悲鳴をあげたのが同時だった。

「ひったくりだ。誰か追いかけてくれ。あいつ、ほら、走って逃げるあいつだ」

男性は大声でわめいた。すぐに何人かの通行人が、

「ひったくりだ」

と叫びながら追いかけた。豊子は、

(世の中には、親切な人がいっぱいいいるもんだ)

と、ひとごとのように思った。

立ち上がろうとすると、目の前に落ちていたものにつまずいた。

「危ない。ほら、気をつけて」

やさしい男性だ。

「あ、それ、わたしのバッグです」

豊子は、バッグを抱きしめた。女性が、ほっとしたように、

「じゃあ、何も盗られなかったのね。よかったわねえ」

いや、盗られたものはあった。青年がひったくって逃げたものは、右手に持っていた例の本だった。

豊子の頭の中を、瞬時に状況判断が渦巻いた。あれほど処理に困っていた疫病神を、見知らぬ青年が連れていってくれたのだ。豊子は礼を言いたいくらいだ。そうだ、疫病神が舞い戻って来ないうちに、早くこの場を立ち去らないといけない。

豊子は、中年夫婦に礼もそこそこに、青年の逃げた方角と反対側に歩きだした。しかし、二、三歩もいかないうちに、腕をつかまれた。

「あんた、それはいけないよ。追っかけてくれている人にお礼も言わないなんて……。どうせ、逃げられてすぐ戻ってくるだろうから、待ってなさい」

親切そうだった中年夫婦は、こうなると迷惑な世話焼きに過ぎない。暖かく親切だった視線は、礼儀知らずの豊子を非難する冷たいものに変わっていた。言っていることは、よくわかる。しかし、豊子には早く姿を消さなければならない事情があるのだ。

困った豊子が目をそらしたその先に、思いがけない光景があった。さきほどの逃げた青年が、ふたりの制服警官に両側からはさまれるようにして、近づいてきたのだ。

「いいぐあいにパトロールのお巡りさんに会ったんですよ。さすがに本職です。見事です」

追いかけてくれたひとりだろうか。若い男性が興奮した様子で、警官の後ろから顔を出した。

「これですね、あなたが盗られたのは……。現金ですか」

警官は、銀行の封筒に入ったものを豊子に見せた。

まわりに、人垣ができはじめた。

「この人、バッグは無事でしたよ。何も盗られていないそうです」

中年夫婦の夫は、警官にそう言いながら、ようやく豊子の腕から手を離した。

「でも、あなたからこれをひったくったことを認めましたよ」

警官は、不思議そうな顔をする。

「すみません、すみません」

とつぜん、青年が子供のように泣き出した。

「でも、当事者のこの人が、何も盗られていないって言ってるんですよ」

「そうよ、この人のバッグは、ここに落ちてたの」

弥次馬と化した中年夫婦がしゃしゃり出るが、警官は相手にせず、豊子に言った。

「あんたね、札束を手に持って歩くなんて、犯罪を誘っているようなもんだよ」

警官の言葉つきが変わってきた。

「わたしのものじゃありません。それに、その中はお金とちがいます」

豊子の声はかすれていた。自分が何を言っているのか、わからなくなっていた。

「あんたから盗ったって言ってんだよ、この人が……。それにあんたのものじゃないのなら、どうしてお金じゃないってわかるの」

「……」

「妙な話だね。とにかく、一緒に来てもらいます」

豊子の目に、息子と亡夫の顔が浮かんだ。ふたりは悲しそうな表情で、豊子を見つめていた。

青年は、めそめそと泣き続けている。

豊子は、ずるずるとその場に座り込んだ。

泣きたいのは自分だ。いつの間にか、紙袋に潜り込んでいたあんなもののせいで、とんでもないことになってしまった。

豊子を思いがけない事態に追いやったその疫病神は、警官の手の中で、にやりと笑ったように見えた。

ウエディングドレス

「岡本さん、明日の土曜日、お願いできないかしら。急ぎの仕事が入ったの」

帰り支度をしていた節子に、森田栄子が声をかけた。

「明日？　いいですよ」

「あなたにばかり無理言って悪いけど、所帯持ちの人には頼みにくくってね」

「お休みの日は、どうせ、テレビを見てぼんやりしてるだけですから」

節子は、ほほえんだ。仕事をすれば、その分、金になる。節子には千円でも二千円でもありがたい金だ。飛びつく思いを、ちょっとオブラートに包んでみせた。

自分の生活のみならず、両親の面倒までみなければならないという事情は、栄子も知っている。そして、節子の心を傷つけない配慮をみせてくれる。たぶん、他の誰にも声をかけていないだろう。節子は、栄子のこういうところが好きだし、見習わなくては……と尊敬もしている。人を使うということは、いろいろな気配りが必要なのだと、つくづく思う。

節子は先月、二十七歳になった。

昼間は、区役所へ勤めている。高校卒業後、すぐ就職した。いつまでたっても給料は安い。そのかわり、判で押したように、午後五時で終わる楽な職場だ。そのあと、毎日、栄子の仕事場へ直行する。そこで洋服の修理、寸法直しなどの仕事をしている。

高校の卒業後は、クラスのほとんどが大学へ進んだ。節子はともすれば卑屈になりそうな自分を励ましながら、毎日、役所に通った。だが勤めだけでは何か物足らなくて、仕事が終わったあと、夜間の洋裁学校へ通うことにした。一応、二年制になっているが、学校というよりは小規模な塾というところだ。生徒の数も少なく、昼間と夜間、合わせて三十人ぐらいだった。

もともと手先が器用なほうだったし、洋裁を習ってみると楽しかった。自分に向いていると思った。先生にも「筋がいい」とほめられてうれしかった。

卒業したあと、先生がいまの職場を紹介してくれた。働きはじめて、もう七年になる。そこでは、新しい仕立て服の注文はないが、修理や寸法直しの仕事は途切れることはなかった。母親の古い洋服を、子供のものに仕立て直すこつも覚えた。「リフォーム」という言葉が一般化してきたころだ。

「洋裁が好きだなんて、いまどきの娘さんには珍しいわね」

節子は、そう言われると、

「だって、他に能がないんですよ」

と、ほほえんでみせる。何の資格も能力もないのは事実だが、ひとりでミシンに向かっているのが好きだった。

流行を追う若い人たちは容赦なく洋服を買い替えるから、持ち込まれる洋服類は、鉤裂きしたとか、一回しか着てないのに裾がほころびたなどだ。いまは便利な修理用小物もあるから、裾の修理くらい自分ですればいいのにと思うが、それすらできない人が多いのだろう。しようとする気持ちがないようだ。

自分で何もしないのは、若い娘たちに限らない。中年女性も、手仕事というものをしなくなった。太ってウエストが窮屈になっても、何とか寸法直しをして、もうしばらく着ようと思うらしい。若い娘たちのように、つぎつぎと買い替えはできない。節子は、そういう慎ましい考え方が好きだ。浪費好きな若い女性より、中年女性たちに身びいきしてしまう。節子の仕事は、ていねいで仕上がりがきれいだと、栄子にほめられる。

責任者の栄子は、五十歳半ばだろう。いまは独身だが、過去に離婚経験があるらしい。仕事場の仲間たちは、人前では「チーフ」と呼ぶが、ふざけたときは「元締め」と呼んでいる。そう呼

ばれても、

「あいよ」

と返事をする気さくな女性だ。

栄子は、婦人服を販売している複数の大手スーパーと修理の契約を結んでいた。最近、あるデパートとの契約にも成功したらしい。

商才には、たけているようだ。

一応、洋裁の技術は持っているが、そのほうは苦手らしく、若い節子よりも手際が悪い。忙しいときなど、本人は手伝っているつもりでも、

「もう、元締めはいいから……。あっちでお金を儲ける算段をしててくださいよ」

「やり直しをさせられるのは、わたしたちなんだからね」

と追い払われる。節子は、最初は雇い主への乱暴な言葉遣いに驚いたが、いまでは笑って見ている。

小さなオフィスビルの一階にある仕事場は、事務所を兼ねていた。仕事用の大きいテーブルが、部屋の中央を占領している。壁際に二台の普通ミシンと一台の業務用ミシン、それにアイロン台が並んでいる。

仕事をしている女性たちは、節子以外は全員が主婦だった。もちろん、節子がいちばん若い。

それぞれ、自分の都合のいい時間に来て仕事をすればいい。時間給はあまりいいとは言えないのだが、働く時間に融通の利くのがよかった。現在では死語となっている「内職」が、形を変えているだけだ。ただ、ある程度の洋裁技術は必要だった。

節子にとっては、外部の人間と顔を合わせることがないのがいい。仕事場は、原則として午前十時から午後八時までだ。節子は毎日、終了時まで仕事をした。もっとも、栄子の都合で、

「ごめんね、今日は早仕舞いにさせて」

ということがある。そんなときは、

「元締めは、今夜はデートなんだって」

「老いらくの恋かな」

そして、節子にも、

「岡本さんも、負けないようにがんばらなくっちゃ」

などと、遠慮のない言葉が飛び交う。

昼間に来ている人たちは、子供が学校から帰るころになると、慌てて仕事のけりをつけて帰ってしまう。子供がいなくても、夕食の準備をする時刻には帰りたい。だから、ひとり暮らしの節子は、重宝がられた。夕方、節子が行くと、よく拝まれる。

「これ、途中なんだけど……」

「いいですよ」

と、続きを引き受ける。

区役所が休みの土曜日や日曜日などは、留守番を兼ねて、一日中、栄子のところで仕事をした。

区役所には、もちろん内緒だ。公務員は副業が禁止されている。節子のように身分の低い者でも、とやかく陰口をきかれるのは厭だった。

だが、役所の給料は安い。もっと収入を図ろうとすれば、夜も働かなければならない。夜の仕事といえば、華やかな客商売のほうがはるかに収入が多いはずだが、自分に向いていないのは、よくわかっていた。口下手だし、酒も飲めない。顔立ちも十人並に入るかどうかの瀬戸際だ。痩せた体には、色気のかけらもない。

それよりもいつも長袖で覆っている右腕のやけどの跡が、節子を、他人に接するのを避けるように仕向けてしまっていた。そのやけどは、節子自身に記憶はないが、二歳のころのものだ。

のちに、母親から聞いた話だ。

母親が台所で目玉焼きを作っていた。節子は、横でそれを見ていた。

出来上がった目玉焼きを入れるために、母親が皿を取ろうとして背を向けた。目玉焼きが大好きな節子は待ち切れなかったのか、手を伸ばしてガス台にのったフライパンの取っ手をつかんだ。中をのぞき込むには、背伸びをしても、まだ不足だ。取っ手を強く下に引いたので、フライパンは、その取っ手を中心にくるりと回転し、落下した。

フライパンは体に当たらずに床に落ちたが、中に入っていた目玉焼きが節子の右腕にのってしまった。半熟の目玉焼きは、はずみで潰れて、細い腕に粘り気のある黄身が張り付いた。悲鳴をあげた節子や仰天した母親が腕を振っても取れなかった。早くこそぎ取ろうとして、患部を余計に広げてしまったようだ。おとなになった現在でも、少し薄くなったとはいうものの、十センチほどの細長い楕円形の引き攣れた傷跡になっている。

幼稚園に行くようになると、いつも包帯を巻いていたが、あるとき、何かのはずみでそれがはずれた。園児たちの目には、傷跡が恐ろしく奇異なものと映ったのだろう。いじめられた。

「どうして、わたしだけ、こんなものがついてるの」

泣いて帰ってきた節子を抱きしめて、母親がはじめて事実を打ち明けた。

「ごめんね、ごめんね」

と母親も泣いていたが、節子は（そういうことがあったのか）と思っただけで、母親の不注意を恨むには幼すぎた。

だが小学校高学年のころ、皮膚の移植手術というものがあることを知った。

節子は、どうして手術をしてくれなかったのかと母親をなじった。手術には高額の費用がかかる。当時、父親の勤め先が倒産し、金に困っていたからとても無理だったと、母親が言った。

解雇された失意を酒に紛らわせていた父親に、怒りがわいた。酒を買う金で、娘に手術を受けさせようとは思わなかったのか。節子は父親に怒りをぶっつけ、小心な父親は、やり場のない鬱憤の矛先を母親に向けた。

「料理をしているときは、子供に気をつけろと言ってただろう。あれが味噌汁だったらどうするんだ。頭から味噌汁を被って、どんな顔になっていたと思うんだ。それでも母親か」

口汚く罵られて反論できない母親は、当の節子に当たった。

「お皿に入れてもらうまで、待てなかったの？　口が卑しいから、そういうことになるのよ。顔じゃなくてよかったじゃないの」

なぜ、被害者の自分が責められなければならないのだろう。節子の心は、しだいに暗く荒れていった。

ふだんは夏でも長袖を着ていたが、中学や高校の夏の制服は半袖だった。包帯を巻くと、余計に目を引くことがわかってからは、巻くのを止めた。

「特別に長袖を認めてもらうように、学校へ頼みに行こうか」

と母親は言ったが、節子はそんな母親を怒鳴りつけた。どうして目立つのを避けたい少女の気持ちがわからないのだろう。いまから思えば暗い自虐的な少女だった。自分の体にこんな傷をつけた母親を困らせるようなことばかりしていた。

両親は、そんな節子を腫れ物にさわるようにしていたが、いつしか、事あるごとに三歳下の妹幸子と比較するようになった。

「節子は、ひねくれたところがあるけど、幸子は素直な子だ」

(ひねくれるようにしたのは、誰だ)

と節子は言いたかった。

幸子は、姉の節子を疎んじるようなことはなかった。それなりに仲のよい姉妹だったが、節子は、幸子の傷ひとつないきれいな腕を見るのが辛かった。

体が成長する子供の時期は、どうせ、手術はできなかったのかもしれないと気がついたのは、節子が大人になってからのことだ。しかし、両親はそんなことは言わなかった。金がないから、医師に相談をすることも躊躇したのだろう。

おとなになってからも、結局、移植手術はしなかった。完全に傷跡が消えるとは限らないらしいからだ。学校を卒業すると制服がなくなり、夏でも自由に長袖が着られるのも一因だった。

その後の父親は、どんな仕事についても長続きせず、酒が手放せなくなった。ついに三年前、大量の血を吐いた。胃に穴が開き、肝臓も患っていた。

命は取り留めたが、手術以後、職につくどころか、寝たり起きたりの状態だ。

妹の幸子は高校を卒業して小さな会社に就職したのだが、三年目に社内で恋人ができ、ついでに子供までできてしまった。なんとか、結婚に漕ぎつけて両親はほっとしただろうが、節子は（この世は、早い者勝ちだ）と、内心、憮然たる思いだ。自分は貧乏籤を引いてしまったということだ。

母親のパート収入だけでは、両親ふたりの生活は無理だった。必然的に、節子の給料からかなりの額を渡すようになった。切り詰めた生活で、恋人もできないまま年齢を重ね、両親の世話は節子にすべてかかってきた。子供のころのぎくしゃくした関係を引きずったまま、それでも、節子は親を捨てることはできなかった。自分の運の悪さを呪うだけだ。母親は最近になって、

「節子には、すまないことをした。それなのにわたしたちの面倒を見てくれて……。お父さんさえ、しっかりしてくれていたら……」

と絶え間なく、愚痴をこぼすようになった。それを聞くのが厭で、節子は別に暮らすことにした。もちろん、同居していれば不要だった家賃や光熱費もかかるが、ボーナスをやりくりすれば、いままでどおり両親に援助をしても、何とか生活していけそうだった。

「どうして別々に住まなきゃならないの」

母親は愚痴ったが、耳をふさいで家を出た。昼間の勤めの他に、夜や休日まで働いているのだ。ひとり暮らしは、節子に許されたただひとつの贅沢なご褒美だった。場末の狭いワンルームマンションだが、節子には白亜の宮殿だった。

そして、そんな節子に恋人ができた。

川上健治。二十六歳。小さな電気店で働いていた。工事のほうを担当しているようだ。引っ越した翌日、通りがかった電気店で、冷蔵庫を安売りしているのを見つけた。新製品が出ると、店側は、古い型の製品を値引きして売る。冷蔵庫としての機能に大差はない。だが、店側は古いものは早く処分したいのだろう。格安で冷蔵庫を買うことができて、ほっとした。

ところが、三日目に作動しなくなった。まったく、冷えないのだ。慌てて店に連絡すると、見に来てくれたのが健治だった。

あちこちと調べてくれた結果、節子の操作ミスとわかり、きまりの悪い思いをした。そのとき、工具をひとつ忘れて帰ったので、電話をした。翌日の日曜日、健治が受け取りにきた。節子が天井の蛍光灯を交換しようとしていたときだった。健治は、

「昨日、ついでに替えてあげたのに、どうして言わなかったの」

「だって、昨夜遅く切れたんだもの。さっき、新しい蛍光灯を買ってきたの」

椅子の上に立っても手が届かなくて困っていたので、ありがたかった。

夏も終わりだというのに、蒸し暑い昼下がりだった。節子の部屋には、もちろん、クーラーなどはない。窓からの生ぬるい風に当たりながら、汗を拭いている健治と並んで、ウーロン茶を飲んだ。

修理業者とは言え、マンションに男性が入ったのは、はじめてだった。

「日曜日は、お休みだったんじゃないんですか、すみません」

「いや、俺んとこのようなちっこい店は、日曜は休みだなんて、そんなこと言ってられないよ」

「大変ね」

「俺が商売道具を忘れたんだから……。他に調子の悪いものがあったら、ついでに直してやるよ。無料サービスだ。店のおやじには内緒だよ」

無愛想な顔から出た軽口がおかしくて、思わずくすりと笑った。健治もにやっとした。

「調子のいいも悪いも、わたしのとこなんて、テレビと洗濯機だけしかないのよ」

「それだけあれば充分さ。大学生？」

「あら、若く見てくれたのね。お勤めよ」

「若く見てくれたのねって、俺より若いだろ。俺、二十六」

「じゃあ、わたしのほうがひとつお姉さんよ」

「へええ、かわいいから俺より下だと思った」

男性に「かわいい」などと言われたのも、はじめてだ。節子はすっかりうろたえて、ぬるくなったウーロン茶を飲んだ。言った健治も照れたのか、残り少ないウーロン茶を飲み干した。上を向いた健治の喉仏が、節子の視野の端で、ごくりと動いた。それを見た節子は、なぜか、どきどきした。

おずおずという感じのふたりの恋は、こうして始まった。

何カ月かが過ぎて、お互いの境遇を話し合った。

健治も、家族を背負っていた。父親は小さな鉄工所に勤めていたが、ある日、帰宅途中、バイクで歩行者をはねた。相手はケガだけですんだが、はずみで転倒した父親は頭の打ちどころが悪かったのか、助からなかった。

「何事にも慎重なおやじだったのに、信号無視だった。よっぽど急いでたのか、考え事をしてたのか……。ヘルメットもちょんとのっけてただけだった。被害者への補償も、ぜんぶ俺に来た。そんなの、ありかよ」

「大変じゃないの」

「妹と弟がいるからな、おふくろだけの稼ぎじゃ足らない。俺、休みの日にもアルバイトをしてる。まったく、おやじを恨むよ」

節子は、なんという似た境遇だろうと思った。自分の事情をあらまし言うと、健治も同じことを言った。似た者同士、ますます気持ちが通いあった。

思い切って腕のやけどを見せると、

「ふーん、熱かっただろ」

まくり上げた袖をそっと下ろしてくれた健治は、二度とその話には触れなかった。気にも止めていないようなその態度は、節子の心に暖かく沁みた。

だが、貧しい恋人たちは、漠然と結婚を夢みるだけで、実現にはほど遠い。お互いに自分たちの環境を愚痴りながらも仕方がないと諦めたり、そのいっぽうで、ふたりで逃げ出したいと思ったりしていた。

ふたりが出会って、もう一年が過ぎた。


十月になったある金曜日の夜、節子は、栄子からウエディングドレスの寸法直しを頼まれた。

「お姉さんが幸せな結婚をしているので、それにあやかりたいんだって」

姉のドレスを妹が着ることになったのだが、挙式の直前になって太ってしまったそうだ。ウエストが入らないので何とかならないかということだった。

「以前に試着したときは大丈夫だったから、安心してたそうなの。念のために今日着てみて、大慌てということらしいわ」

「チーフのお知り合い?」

「うん、ちょっとした知り合いなの。何て言ったと思う? 息を吸って止めてたら着られるんだけど……だって。笑っちゃうよ」

栄子は苦笑した。

「我慢できなくなって息を吐いたとたん、ファスナーがはじけたらどうするのよ、ねえ」

栄子の言葉に、節子は吹き出した。ドタバタコメディにありそうだ。

「いつまでですか」

「それが急な話なんだけど、あさっての日曜日にハワイへ出発するんだって」

「ハワイ？」

「ほら、ハワイで結婚式をするってのが流行ってるでしょう」

「うわあ、豪華ですねえ」

「そうでもないらしいのよ。家族だけになるから、かえって安上がりなんだって。でも、日本で披露宴をやり直したら別だけどね」

「そうなんですか」

「自分たちだけで貯金を出し合って式を挙げるんだって。感心ね。だから、披露宴なんかしないそうよ。このごろの若い人は、しっかりしてる」

翌日の土曜日、節子は、ひとりでウエディングドレスにとりかかった。

七分袖のシンプルなデザインだ。スカート部分はゆったりしているが、ウエストはかなりしぼってある。裏返してみると、たっぷりと縫い代《しろ》が取ってあったので、かなりのゆとりが出そうだ。

そもそもオーダー品ではなく、既製品かもしれないと思った。最初に着た姉が、ウエストを詰めてもらったのだろう。縫い代が多いのも納得がいく。

純白のドレスを汚したら大変だ。サテン地なので、古い針目はどうしても残るが、ある程度は我慢してもらわなくてはならない。

節子は慎重に手を動かした。

栄子は、「自分たちの貯金だけで式を挙げるのは感心だ」と言ったが、節子にはその貯金もない。貯金をしたくても、その余裕がないのだ。おそらく、健治もそうだろう。

世の中には、親に費用を出してもらって豪華な式を挙げる人もいれば、自分たちのように結婚すらできない者もいる。結婚すれば、それぞれの家族の収入源がなくなって困るからだ。

(世の中、いろいろ。仕方ないじゃないの)

節子は、思いを振り切って仕事を続けた。

ドレスの寸法直しは、思ったより簡単にできた。栄子は夕方の五時ごろに仕事場に来て、ドレスを持って帰ることになっていた。

ところが、四時ごろ、栄子から電話がかかってきた。

「ドレスのほう、どんなぐあいかしら」

「ああ、もうできました。わりと簡単でしたよ。縫い代が多かったので、ウエストが七センチほど伸びました」

「よかったあ、ほっとしたわ。それから、無理を言いついでに、あなたに、もひとつお願いがあるの」

明日の日曜日に、このドレスを先方に届けてほしいというのだ。栄子が持って行く約束になっていたのだが、あるデパートとの間で、新規の契約が取れそうなのだという。

「そのことで、どうしてもいまから相手の人と会わなくちゃいけないの。だから、かわりにドレスを届けてほしいんだけど……。あなたの家からだと、あまり遠くないはずよ」

住所を聞くと、それほどの距離ではない。

「届けるだけでいいんですか。もういちど、試着してもらわなくってもいいんですか」

「七センチも伸びたんでしょう、いいわよ。それ以上、どうしようもないもの」

「そうですか。早いほうがいいのなら、いまから行きましょうか」

「わたしもそう思ったんだけど、今夜はレストランで家族水入らずのお別れのお食事会なんだって」

幸せが満ち溢れているようだ。

「じゃあ、わたしが明日、ここへ取りに来て……」

「そんなの、面倒でしょう。遅くても午前十時ごろまでには届けてほしいって言ってる。ハワイへ出発するのは夕方の便だけど、お昼すぎには家を出たいらしいのよ」

「そりゃ、そうですよね」

「だから、今日はあなたがこれを持って帰って、明日の朝、届けてくれたらいいわ」

「じゃ、そうします。もっと早い時間でもいいですよ」

「そうね、そしたら九時ごろに届けてあげて。先方には、このことを電話で言っておくわ。ドレスは嵩が高いから、今日の帰りも、明日行くときも、タクシーを使ってね。交通費はもちろん、日当もはずむから」

あとの言葉に、安堵した。

ドレス専用のケースに入れてみると、かなり嵩が高い。タクシーでないと無理だ。節子はドレスをしっかり抱え、めったに乗らないタクシーで帰った。

夕食をすませ、ベッドの上に置いたウエディングドレスのケースを眺めているうちに、顔も知らないその女性のことを、はじめてうらやましく思った。

幸せな結婚生活を送っている姉。その姉にあやかりたくて、このドレスを着る妹。わたしなんか、一生、こんなドレスを着る機会はないかもしれない……。

そのとき、節子の耳に悪魔が囁いた。

「このドレスをちょっと着てごらん。それだけで、少し幸せになれるかもしれないよ」

（そうだ、わたしも、幸せにあやかりたい。いま、ちょっと着てみるぐらい、いいじゃないの。誰にもわからないんだし……）

勝手に体が動いた。ドレスをケースから取り出すと、ベッドの上に広げた。真っ白なウエディングドレスは、幸せの象徴のように光り輝いていた。

節子は、憑かれたように着ていたTシャツとジーンズをむしり取ると、ドレスを着た。

自分の姿を見たい。しかし、全身が映るような姿見などはない。ふと思いついて、カーテンを開けた。小さなベランダに通じるガラス戸がある。幅は狭いが、高さは天井近くまである。外が暗いので鏡の役割を果たしてくれた。

不鮮明だが、花嫁姿の自分が映っていた。

節子は、しばらくそれを見ていた。ガラスの鏡には、いまは花嫁ひとりしかいないが、この横には健治が立っているはずなのだ。そう思うと、ほんとうに健治の姿も映っているように見えた。

二、三歩、足を進めてみた。こんなに丈の長いドレスなど着たことがないので、足がもつれそうだ。胴回りは、節子には大き過ぎた。七分袖だから、右腕のやけどのあとは隠れない。でも健治は、この傷跡を気にしている様子はない。健治が気にならないのなら、自分も気にならない。

節子は、自分の姿をじっと見つめていた。十分だったかもしれないし、二十分だったかもしれない。

とつぜん、ドアのチャイムが鳴った。飛び上がりそうになった。返事もできず、ドアを見つめていると、

「節ちゃん、俺」

健治だった。急いでドアに近づいて、

「いま、だめ。三十分してから来て」

「え、何だよ、いったい。あんまり時間がないんだけどな。どうしたの。誰かいるの」

節子は焦った。他の男性が来ていると誤解されたら困る。

「健治さん、ひとり？」

「もちろん、ひとりだよ、どうしたんだ」

節子は、ドアをそっと開けた。口をとがらせた健治が、目を丸くして棒立ちになった。そんな健治を中へ引きずり込むようにすると、節子はまた、鍵をしっかり掛けた。口早に、あらましの事情を言った。

「なあんだ、驚かせるなよ」

ほっとしたような健治は、あらためて節子の周囲をぐるりと回った。

「きれいだなあ、節ちゃん。まるで別人だ」

軽口を叩いたが、節子には返す余裕がない。

「早く脱がなくっちゃ。カーテンを閉めて」

「あれ、もう脱ぐの？　ちょっと待って」

健治は節子と並んで立つと、ガラスの鏡を見た。花嫁姿の節子と汚れた作業着姿の健治が映っていた。

「俺たちの結婚式みたいだな」

健治が呟いた。節子は鼻の奥がつんとして何も言えなかった。

「新郎新婦の左右って、これでいいのか。反対じゃないのかな」

わざと明るく言う健治に、

「さあ、どうかしら、どっちでもいいわ。新郎さえ、健治さんだったら」

そっと健治の腕に、自分の腕をからめた。寄り添って、少し歩いてみた。狭い部屋だから二メートルも歩けば壁に突き当たってしまう。無言でガラスに写るふたりの姿を見ていた健治が、とつぜん荒々しくカーテンを閉めると、節子を抱き締めた。はずみでふたりともベッドの上に倒れ込んでしまった。

「節ちゃん……」

じっと健治の目を見ていた節子は、ふと我に返った。

「だめ、だめっ、離して。ドレスが破れたらどうするの」

健治も気がついたらしい。体を起こした。

「大事な預かり物だったな。早く脱げよ」

背中のファスナーに手をやろうとした節子が、悲鳴を上げた。ドレスの腹部のあたりに三センチほどの丸く黒いものがついていた。

「あっ」

健治が、慌てて自分の作業着を見た。

「ここについていた油だ」

節子は急いでドレスを脱いだ。健治の前だということも忘れて、下着姿のまま、タオルを絞って拭きはじめた。

「だめだ。機械油だから、そんなことしてもだめだ」

汚れは余計に広がったようだ。真っ白な生地についた黒いシミは、目を離して見ると、近くで見るよりもはっきりとわかる。

「どうしよう」

泣き出した節子の剥き出しの肩を抱いて、健治はぼうぜんとしていた。

しばらくして、ふたりは現実に戻った。節子は、のろのろとTシャツとジーンズを身につけた。

「俺が悪かった。ごめん」

「預かり物を着たわたしが悪いのよ」

「そんなこと、お互いに言っていてもはじまらない。どうしたらいいか考えよう」

だが、どんな方法があるのだろう。

黒いシミのついた花嫁衣裳など、不吉きわまりない。レンタルのウエディングドレスだったら、他のドレスに替えてもらえる。しかし、姉の幸せにあやかりたいという思いのこもった特別のドレスなのだ。

とりあえずは、栄子に打ち明けないといけない。客からの預かり物を勝手に着た。そのあげく、汚してしまった。どんなに叱られるだろう。機械油の汚れは、クリーニングすると取れるのだろうか。取れたところで、明日のハワイ行きには間に合わない。

栄子のメンツも潰した。汚したいきさつも、言わないといけない。栄子の信頼を根底から失ってしまう。もちろん、仕事を続けることなど許されないだろう。栄子にも、顔を知らない依頼主にも、申し訳ない気持ちで一杯になった。

とつぜん、健治が立ち上がった。

「いま、何時？」

と言いながら時計を見て、

「わっ、大変だ。おやじさんが金を待ってるんだ」

客からの工事代金を預かっていたのだ。

「七時までに、かならず持って帰ってこいと言われてた」

もう、九時を過ぎていた。

「俺が帰るのを待って、その金をどこか他へまわすんだろうと思う」

「間に合わなかったら、どうなるの」

「詳しいことは知らない。でも、おやじさん、くどいほど、念を押してた」

「たくさんのお金?」

「百万ちょっと」

健治は、部屋の隅にほうり出したままになっていたセカンドバッグを引き寄せた。

「そんな大金を持ったまま、どうしてわたしのとこなんかへ寄ったのよ」

「通り道だったんだ。見たら明かりがついてたから、顔だけ見て、すぐ帰るつもりだった」

「わたしのせいなの?　わたしがあんな格好をしてたから?」

節子は、また泣き出した。

「泣くなよ。寄り道したのも俺だし、節ちゃんにあんなことしたのも俺だし……。俺が悪いんだ」

健治は、ごろりと横になると、

「まさか、俺が持ち逃げしたとは思ってないだろうな」

何げなく呟いたのだろうが、そのあとで慌てて座り直した。

「ほんとに持ち逃げだなんて思ってないだろうな、おやじさんは……」

「大丈夫よ」

節子は言ってみたものの、気休めにしか過ぎない。

「どうせ、クビだろうな」

「わたしも、きっと辞めさせられる。失業だわ」

「区役所のほうは、関係ないじゃないか」

「それはそうだけど……」

「目の前、真っ暗だな。ほんとに持ち逃げしてやろうか」

やけっぱちのように言ってから、健治は黙り込んだ。怖い目をしていた。

節子は、息を飲んで健治を見つめた。何か言わないといけない。健治が恐ろしいことを考えているのなら、とめなければ……。

そのいっぽうで、自分もこのウエディングドレスを放り出して、どこかへ逃げ出したいと思った。健治は、いまからすぐ帰って金を主人に渡せば、殴られてクビにはなっても、警察沙汰は免れるだろう。節子も、栄子に打ち明け、先方に土下座をしてでも謝るべきだ。もちろん、クビになるだろうし、弁償もしないといけないが、このまま逃げ出して、人の道にはずれるよりはましだ。しかし、健治とともに現実から逃げ出したいという思いが、捨てられなかった。いつになったら、ふたりは結婚できるかわからない。さっきのガラスの鏡に映ったふたりの姿が、頭から消えなかった。

健治を見ると、健治も節子を見つめていた。

「いま、ふたりは、たぶん、同じことを考えてる。そうだろ」

健治の別人のような低い声に、黙ってうなづいた。

「じゃ、そうしよう」

節子は泣きそうになりながら、もういちど、こっくりをした。

「そのウエディングドレスを持って行けよ。節ちゃんの花嫁衣裳だ。他に大切なものも……」

「健治さんは?」

「いい。これだけでいい」

健治はセカンドバッグを抱え直した。

「この金がなくなったら、また、考えよう」

いま自分たちは、愚かしく、また許されないことをしようとしている。それだけはわかっていた。

（でも、他にどうしたらいいのか、わからないのよ。仕方ないじゃないの）
ふたりは、健治が乗ってきていた店の車に乗ると、夜の町に消えていった。
行き先は、健治にも節子にもわからない。

還暦同窓会

梅雨のさなかだというのに、五日ほど雨が降らない。午後の日差しは強い。

その日、ある高校の同窓会が、神戸で開かれることになっていた。

今年の同窓会の招待状には、特に「還暦記念同窓会」という文字が添えられていた。この学年だけの集まりなので、正確には同期会というべきだろう。

場所はＪＲ神戸駅近くのホテル、時刻は午後二時からとなっている。

六十歳という節目の年齢を迎えた男女が、三々五々連れ立って、あるいはひとりで会場に現れた。彼や彼女たちは、過ぎた昔を懐かしみ、笑顔とともに楽しいひとときを過ごすことだろう。

しかし、名簿に名前は見られるが、欠席の人も大勢いる。同窓会などに興味のない人、何らかの事情で参加したくない人、参加したくてもできない人……。

いろいろな人たちの思いを秘めて、その同窓会はいま、始まろうとしていた。

一　フルーツポンチ

斉藤謙一郎にとっては、久しぶりの神戸だった。同窓会にいたっては、久しぶりどころか、高校卒業以来、はじめてだ。

高校までは神戸に住んでいたが、東京の大学に進み、その後、商社に就職した謙一郎は、国内各地の支店や出張所で修行したあと、海外に行かされた。

最初の緊張や気負いが解けてくると、謙一郎は、自分が海外の水に合っているように思われた。外国暮らしが、まったく苦にならない。上司にもそれを見抜かれたらしい。

その結果、謙一郎は、三年ほど海外勤務を続けると、しばらく日本で働き、またどこかの国へ行くという生活を送ってきた。

社内結婚した妻が、「いろいろな国に行けて楽しい」と言ってくれるのが救いだった。その点、謙一郎は妻に感謝している。

定年の六十歳を前にして、ようやく、日本に腰を落ち着けることになった。この四月のことだ。終《つい》の住処《すみか》も、東京に定めた。

転勤族のサラリーマンだった父親は、謙一郎が就職した年に神戸を離れていた。その両親ともにすでに亡く、神戸にもう肉親はいない。謙一郎にとっての神戸は、かつて住んでいた土地に過ぎないのだ。あのころは、それなりに多感な時期だったが、いまはすべてが記憶の底に埋没してしまっている。

そんな矢先、同窓会の案内状が舞い込んできた。高校時代の何人かの友人とは年賀状だけの付き合いがあるので、そのルートから住所がわかったらしい。

お定まりの挨拶文のあとに、

「ついに、私たちも還暦を迎える年齢になり……」

(還暦か)

謙一郎は苦笑した。

六十歳という自覚はない。健康にも地位にも恵まれ、定年後の再就職も内定している。まだまだ、世間も家族も、自分を必要としてくれているのだ。老いとは無縁だった。

しかし、「還暦」の文字を眺めているうちに、妙な懐かしさが湧いてきた。昔の同級生や旧知の街は、どんなに変わっているだろう。自分でも思いがけない感傷に戸惑いながら謙一郎は、返信用はがきの「出席」の文字を丸く囲んだのだった。

会場の受付には、クラス別の名簿が用意されていた。

（あれ？　何組だったんだろう）

名簿を見ていると、

「何組ですか」

問いかけてくれた女も、かつての同級生のひとりのはずだが、その顔に記憶はない。

「面目ないが、忘れました」

「お忘れになっている方は多いんですよ。お名前は？」

「斉藤です。斉藤謙一郎です」

「斉藤さん？　あら、斉藤さん、ほんとに斉藤さんだ」

その女は、すっ頓狂な声をあげた。その声に、周囲にいた人たちの視線が集まった。

「まあ、お久しぶり。よくいらっしゃいましたねえ」

近づいてきた別の女が名乗ったが、謙一郎はその名前にも記憶がない。適当に挨拶をしておいた。

「ところで、僕、何組でしたっけ」

「あら、厭だ。わたしと同じ、三組ですよ。ひどいわ、忘れたの」

媚びるような笑顔が煩わしくて、あいまいな微笑を残したまま、謙一郎は会場になっている大広間に入っていった。

いくつかの丸テーブルの上に、「一組」とか「二組」とか書かれた札が立っている。真っ白なテーブルクロスに、一輪挿しの赤いミニバラが映えていた。

「三組」のテーブルに近寄ると、グラスを片手に立ち話をしていた何人かの男たちが話を中断して、謙一郎を見た。（誰だろう）という表情だ。

「斉藤です」

軽く会釈をすると、

「えっ、斉藤か」

「おお、斉藤、久しぶりだな。卒業以来、はじめてだな」

「お前、住所不明どころか、生死不明だったんだぞ」

「いや、俺は、死んだって聞いてた」

「いままで、まったく顔を見せなかったじゃないか。薄情だなあ」

「でも、生きててよかったな」

たちまち、乱暴だが暖かい男同士の会話が飛び交う。昔のにきび面《づら》と、目の前の六十歳の顔が結び付き、謙一郎の心もなごんできた。

およそ四十年ぶりに現れた謙一郎は、大いに歓迎された。数人の女たちが、謙一郎に気がついて話に割り込み、彼の周囲を取り巻いた。

「お前は昔もそうだったけど、いまでも女の子に、よくもてるなあ」

ひとりの男が呆れたように言うと、

「女の子だって。ねえ、わたしたちのことよ」

女たちが笑い転げる。

「聞きましたよ。ずっと海外だったんですってね。もう、高校のことなんか、忘れてしまってるのよって噂してたのよ」

「そんなことないよ。あなたたちのことは、いつも思い出していた」

「あら、調子のいいこと言って。じゃあ、わたしは誰？」

「ええっと……」

「ほら、忘れてる」

嬌声がはじける。

辟易して視線をあげると、少し離れたところに立っていた男が、片手をあげた。

松下弘明だった。会いたかったひとりだ。

「よお、はじめて同窓会に現れたな」

「何だか懐かしくなった。年齢《とし》だな」

　謙一郎が高校のころに親しくしていたのはこの弘明と、もうひとり、中川誠だった。三人は別々の大学に進んだが、夏休みなどには出会ったり、ときには小旅行をしたりしていた。

「中川はどうしてる？　元気か」

「ああ。ときどき、一緒に飲んでいる。いや、ときどきじゃないな。ここんとこ、二年ほど会っていない」

「来るのか、今日。会いたいなあ」

「少し遅れるけど来ると言ってた。あいつも頭が薄くなって、すっかりおやじだ」

「お互いさまだろ」

「いや、お前はいかにも現役って感じだな。貫禄がある」

「よせよ。お前だって聞くところによると、たいしたもんじゃないか」

　謙一郎は楽しかった。

　弘明は、資産家の息子だった。薬科大学を卒業して製薬会社にしばらく勤めたあと、家業の薬局を継いでいた。現在では、いくつかのチェーン店を持って、手広くやっているらしい。

誠の父親は、当時、小さいながらも繊維関係の会社を経営していた。大学卒業後は、誠も父親と一緒に仕事をしていたはずだ。いまでは、たぶん、彼が社長だろう。

裕福なふたりの友人にくらべて、謙一郎の父親は、平サラリーマンに過ぎなかった。

高校に通っていたころは、多少の劣等感があったが、周囲も一目置くほどの学業成績が、それを補ってくれた。難関とされている国立大学に入り、卒業後は大手の商社に就職した謙一郎は、時間も取りにくく、しだいに彼らとは疎遠になってしまった。

疎遠になったというより、謙一郎から遠のいたのだ。それには、苦い記憶がある。

大学三年の夏のある日、弘明の家へ遊びに行ったときのことだ。

隣家との境は壁一重という謙一郎の長屋の家とは異なり、弘明の家は立派な門構えと塀に囲まれていた。

それまでにもたびたび、謙一郎は誠とともに訪れていた。弘明の姉、喜美子に会えるのを期待してのことだ。

弘明にはふたりの姉がいたが、上の姉はすでに結婚して家を離れていた。もうひとりの姉が、弘明より四歳上の喜美子だった。色白で整った顔立ちだが、病弱だと聞いていた。ほっそりとしているのも、そのせいかもしれない。あまり、外出もしないらしい。

大学で青春を謳歌している同級生の娘たちとは異なり、静かで上品な雰囲気は、謙一郎にとって憧れの的だった。美しく、もろくて壊れやすいものは、そっと眺めているだけでいい。そのいっぽうで、誠とは張り合う気持ちがあった。

謙一郎は喜美子の言動の節々に、自分への好意を読み取っていた。彼も喜美子への視線に感情を込めていたつもりだ。

その日、弘明の部屋で寝そべって雑談をしていた三人のもとへ、喜美子がおやつを持ってきてくれた。

「みなさん、冷たいおやつですよ」

三人は歓声をあげて座り直した。

喜美子が捧げ持ってきたガラスの大鉢には、赤や黄色の鮮やかな色彩が溢れていた。

「きれいですね。何ですか、これ」

謙一郎が聞くと、喜美子は得意そうに、

「フルーツポンチよ。いろいろな果物やゼリーが入ってるの」

昭和三十年代半ばのことだ。謙一郎はフルーツポンチというものを知らなかった。誠も知らなかったようだ。ふたりとも姉妹がいなかったせいかもしれない。見るからに、女の子の好きそうなものだ。

弘明が、にやにやしながら、

「このごろ、料理教室へ通ってるんだって。俺なんか、いつも試作品を食べさせられている。今日は、お前たちが犠牲者だ」

「おおっ、喜んで犠牲になりましょう」

謙一郎は言ったあと、少し、はしゃぎ過ぎたと反省する。誠は、黙って鉢の中を見ているだけだ。

「気取った名前がついてるけど、要するに果物や何かの残りものをぶち込んだだけだよ。冷たいだけが取り柄だ」

「失礼ねえ。そんなことを言う人には、あげないから」

姉と弟のやり取りを聞きながら、謙一郎は物心両面に豊かな家庭を、うらやましく思っていた。

「小鉢を持ってきますからね、まだ食べちゃだめよ」

喜美子がやさしく三人を睨んだとき、謙一郎は喜美子の可憐さと珍しい食べ物への期待に心が躍った。

すぐに戻ってきた喜美子は、三個の小鉢を丸盆に並べた。真剣な表情で、フルーツポンチを均等に盛り分けていく。

「適当でいいよ」

弘明が言うと、

「だめ。いつだったか、多い少ないで揉めたことがあったでしょ。みんな、まるで子供なんだから」

謙一郎は、大鉢の上にうつむいて手を動かしている喜美子を見ながら、満ち足りた気分だった。

そのときだった。

風邪気味だったのか、さきほどから鼻をぐすぐすいわせていた喜美子の鼻先から、とつぜん、ひとしずくが大鉢の中へ落ちた。

喜美子が、「あ」と声にならない声をあげて息を呑んだのがわかった。

謙一郎は、とっさに目をそらせて見なかった振りをした。ちょうどそのとき、弘明は窓際でひるがえるカーテンを留めようとしていた。謙一郎は、その弘明の背中に、

「今日は暑いな」

と意味のない言葉を吐いていた。

（この場をとりつくろわなければ）

という思いがあった。しかし、どうしたらいいのかわからない。弘明は、部屋に背を向けていた。だから見ていないはずだ。誠は気がついたのだろうか。謙一郎は、このとき、誠がどうしていたのか思い出せない。

覚えているのは、喜美子が謙一郎たちに素早く視線を走らせたことだ。みんなが気がついたか

どうかを窺って、気がつかなかったようだと判断したらしい。

喜美子は無言で、小鉢に分ける作業を続けた。男三人も、黙ってそれを見ていた。フルーツポンチを分け終わると、喜美子は小鉢を三人の前に置き、空になった大鉢を持ってそそくさと部屋を出て行った。

弘明と誠は、小鉢に手を伸ばし、平然と食べ始めた。ふたりとも、気がつかなかったようだ。だが、謙一郎は手が出せなかった。食べないと変に思われる。しかし、鼻水が入ったフルーツポンチを、どうしても食べる気にはなれなかった。

「どうした」

弘明が、不思議そうに言った。

「甘くておいしいよ」

その弘明の言葉がヒントになった。

「うん、お姉さんには悪いけど、やけに甘そうだ。遠慮する。甘いのは苦手だ」

すると、誠がちらと謙一郎の顔を見て、

「それなら、俺がもらう」

と言うなり、まだ半分ほど残っている自分の小鉢の中に、謙一郎の小鉢の中身をあけてしまった。弘明が呆れたように笑ったが、誠はにこりともせずに、小鉢から溢れそうになったそのふたり分のフルーツポンチを、黙々と食べていた。

珍しい食べ物をもっと食べたかっただけなのか。それとも、何か意図があったのか。謙一郎は、黙って誠を見つめていた。

そのあと、喜美子は姿を見せず、謙一郎と誠は、しばらくして弘明の家を辞した。帰路についたふたりの間で、フルーツポンチの話は出なかった。途中で誠と別れた謙一郎の胸のうちには、さまざまな思いが渦巻いた。

たとえ、好意を持っている人のものでも、やはり、鼻水は汚い。知らなければそれまでだが、目の前で鼻水が落ちて混ざってしまった食べ物は、食べる気がしなかった。それよりも、誰も気がついていないと思って、知らぬ顔をして謙一郎たちに食べさせようとした喜美子に、怒りが湧いてきた。

しとやかで慎み深く、憧れの女性だった喜美子なのだ。

(女というものは、わからないものだ)

謙一郎の意識の中で、喜美子は急速に色褪せていった。

夏期休暇が終わり、謙一郎は東京に戻った。そして、淡い恋も終わった。

謙一郎には、ふたりの友人にわだかまりが残っていた。誠には、あのフルーツポンチを黙って食べさせてしまった負い目のようなものがあった。また、弘明は喜美子の弟だ。何となく、ふたりに会いづらく思っているうちに、月日が流れていった。

フルーツポンチの一件も、謙一郎の記憶から薄れていった。

十年ほど前に、誰からともなく、弘明や誠との間で年賀状が復活したが、会う機会はなく、四十年の時間が過ぎていったのだった。


会が始まって三、四十分過ぎたが、誠はまだ姿を見せない。料理はバイキング形式だった。場内は、かなり騒々しい。飲み物をトレーにのせたボーイが、人々の間を泳ぎまわっている。

「遅いなあ。ほんとに来るって言ってたのか」

「うん、言ってた。何やってんだろう。お義兄さまは忙しいのかな」

「何だ、お義兄さまって」

謙一郎は、何のことかわからない。

「えっ、お前、知らなかったのか。俺、言ってなかったかな」

思いがけないことを聞かされた。

誠と喜美子が、結婚していたというのだ。だが、喜美子は結婚後、五年ほどで亡くなった。持病の腎臓が悪化したそうだ。

誠は大学卒業の数年後、とつぜん、喜美子に結婚を申し込んだのだった。

喜美子はかつて、謙一郎に好意を寄せていた。弘明や彼の両親も、結婚相手として誠よりも、秀才で将来が嘱望される謙一郎のほうが望ましかった。だが、謙一郎との音信は途絶えている。それに、商社マンとして転勤の多い謙一郎の妻には、体の弱い喜美子では無理だとの判断もあったようだ。

両親にしてみれば、病弱を承知の上で結婚してくれるなら、どちらでもいいというのが本音だったのかも知れない。また、喜美子も、謙一郎と将来を約束していた訳でもない。誠の熱心な求婚は、喜美子にも両親にも受け入れられた。

すでに喜美子のことなど念頭になかった謙一郎は、複雑な思いで弘明の話を聞いていた。誠が、そこまで喜美子に思いを寄せていたとは知らなかった。

ようやく、誠が現れた。

弘明にくらべて、かなり老けて見える。それに疲れた顔をしていた。しかし、謙一郎との再会を、満面を笑みにして喜んだ。

「お前の結婚のこと、はじめて聞いたよ。それにしても気の毒だったな」

謙一郎のお悔やみの言葉を遮るように、

「もう、昔のことだ。飲もう、飲もう」

弘明も、

「よし、飲もう。こんな同窓会なんてほっぽらかして、俺のなじみのスナックへ行こう」

肩を抱き合い、もつれるようにホテルを抜け出た三人は、四十年前の三人に戻っていた。謙一郎は、しみじみと、

(来てよかった)

と思った。

自宅が遠い弘明が先に帰り、謙一郎と誠は、なおもグラスを片手に語り合った。

ふと話が途切れたとき、誠が言った。

「お前、あのときのフルーツポンチを覚えているか」

謙一郎は、はじかれたように顔をあげた。

さきほど、同窓会の会場で、誠が喜美子と結婚していたことを弘明から聞いたとき、すぐにあの夏の日の一件を思い出した。しかし、ふたりは鼻水に気がつかなかったようなので話題にはできなかった。

それを誠のほうから言い出したのだ。あのとき、誠は気がついていたのだろうか。謙一郎は探るような視線を向けた。

「喜美子のあれだよ」

誠はにやりと笑った。謙一郎は、あいまいにうなずいた。

「俺は、最初から見ていた。お前が目をそらせたのにも気がついた」

「知ってて、お前、あのフルーツポンチを食ったのか」

「いまだから言うけどな、あのとき、俺は賭けをした」

「……」

「好きな女のものなら、鼻水が入っていても食えるか。それとも、いくら好きな女のものでも、鼻水の入ったものは食えないか。お前はどちらだろうかということだ」

「俺は……、食えなかった」

「お前が目をそらせたのを見て、あ、こいつは食わない。だから俺は食おうと思った。食えば、こいつに勝てると思った」

「俺は別に……」

下を向いた謙一郎をのぞき込むように、

「ごまかすなよ。お前が喜美子を好きだったことも、喜美子もお前が好きだったことにも気がついていた。お前とくらべると、頭でも顔でも将来性でも、俺に勝ち目はない。だから、鼻水に賭けたんだ」

「俺は食えなかった。それに」

謙一郎は、言いかけて口をつぐんだ。喜美子のずるさが厭だったとは言い兼ねた。しかし、誠は察知したようだ。

「喜美子が、俺たちには気づかれていないと思ったことだろ。それが厭だったんだろ。でも、俺はかわいいと思った」

「かわいい……と思ったのか」

「女のかわいいずるさだと思ったよ。それまでは高嶺の花だったのが、急に身近に思えるようになった」

「それで鼻水を気にせずに食ったんだな」

「汚いなんて思わなかったよ。いや、惚れた弱みかな」

誠は、そう言ってから声をひそめて、

「おい、六十面《づら》さげて言う科白じゃないな。自分で言ってから、恥ずかしくなった」

誠の笑い声を聞きながら謙一郎は、もうひとつのことに思い至った。

「あのとき、小鉢がひとつ、手付かずで残ったままになっていたら、俺たちの誰かが鼻水の一件に気がついていたことが、ばれる。喜美子さんに恥ずかしい思いをさせないためでもあったんだな。お前が、俺の分も食っちまったのは……」

誠は、(いやいや)という風に手を振って、

「本心はな、たくさん食いたかっただけだ」

そして、もういちど笑った。

自分の愛情がそれほど深くなかったということか。それとも、喜美子に恥ずかしい思いをさせない配慮など、考えもしなかった自分の狭量の結果だろうか。

謙一郎は、(いい奴だな)と思いながら、グラスを握っている誠の太い指を見ていた。

もし、あのとき、自分がためらわずにフルーツポンチを食べていたら、そしてその後、喜美子にプロポーズして結婚していたら、自分の人生は、また、ちがったものになっていたと思う。

しかし、そのほうがよかったとは思われない。喜美子は病弱な上に、苦労知らずのお嬢さま育ちだ。見知らぬ異国へ飛び込んで行くという現在の妻のようなバイタリティーはないだろう。つまり、謙一郎が喜美子と結婚すれば、自分の好きな仕事を断念するか、単身赴任を続けて、家庭崩壊の危機を迎えるかのどちらかだったのだ。

聞いてみると、誠の結婚や喜美子が死亡したころは、謙一郎が南米で悪戦苦闘をしていた時期だった。仕事は大変だったが、やり甲斐があって面白かった。日本にいる友人のことなど、すっかり忘れていた。

だから、誠と喜美子の結婚という自分にも大いに関わりのあることを、知らずじまいにきてしまった。もっとも、自分の結婚も彼らに知らせた記憶はない。

誠は喜美子の死後、ずっと独身を続けているそうだ。

「再婚しなかったのか」

「女房は、あいつひとりでいいよ」

こんなに一途な男だったのか。

「子供は？」

誠は首を横に振った。そして、

「最初のうちは、仕事も順調だったんだ。でも、最近、つまずき始めてなあ。転がりだすと早い。白旗をあげるのは、時間の問題だ」

「おい、ほんとうか」

「ああ、もうだめだ。結局、俺に経営手腕がなかったということだろう。親父から受け継いだ会社を潰しちまった。墓の下で怒ってるだろうな」

「……」

「せめてもの救いは、喜美子がいい時期しか知らなかったことだよ。ゆとりのある生活も、充分な養生もさせてやれた。何よりだと思っている」

「……」

謙一郎は黙ってグラスの氷を見ていた。

「弘明の親父がな、喜美子が生きているときに、療養費のつもりだろうが、金を援助しようかと言ってくれた。でも俺は、大丈夫だと断った。事実、そのころは俺も景気がよかったし、喜美子の面倒は自分ひとりでみたかったんだ。弘明は、そんないきさつは知らないはずだよ」

「そんなことがあったのか」

「親父さんは、いまでも一族に君臨しているそうだ。でも、ほんとうに金に困っている現在の俺には、援助なんて絶対に言わないよ。それはまあ、当然だろう。返せるはずがないのは明らかだからな。もちろん、俺も辞退するけどな」

誠が、苦笑しながら言った。

喜美子はすでに亡くなり、孫もいない。弘明の父親にすれば、かつての娘婿も、いまでは息子の友人のひとりにすぎない。それが世間では普通だろう。

「俺にできることはあるか。まとまった金はないけど、何かの相談ぐらいには乗れるかもしれない」

謙一郎はそう言ってから、予防線を張っている自分を厭な男だと恥じた。だが実際に、小さいと言えどもひとつの企業を立ち直させられるような資金の調達は無理だ。

「ありがとう。社員も少ないから、渡すべきものぐらいは何とかなるさ。あとは、俺ひとりだから気が楽だ。友情に金銭はからめたくない。でもひょっとしたら、俺の就職を頼みに行くかもしれない。そのときには、いいところを世話しろよ」

すがすがしいような笑顔だった。

誠と別れた謙一郎は、宿泊予定のホテルにタクシーを走らせた。

(誠が何か言ってくるまで、そっとしておこう)

そう思いながらも、謙一郎は思案を巡らせていた。

誠の自尊心を傷つけないような仕事。

謙一郎の紹介であることを負担に思わなくてすむような相応の待遇。

それらを踏まえて謙一郎が頼むと、断らずに引き受けてくれるだろう人物。

さいわい、すぐにでも、ひとりやふたりの顔は思い浮かぶ。

短い結婚生活だったが、誠と結婚した喜美子は、たぶん、幸せな日々を送っていたことだろう。

自分は、あのフルーツポンチを食べることを躊躇した。それが喜美子の幸せにつながったのなら、少しはよかったというものだ。

誠に負けてよかった。

記憶もおぼろになった喜美子の顔を深夜の空に描きながら、謙一郎は、ほろ苦い思いを噛み締めていた。

二　曇った鏡

麗子は、鏡に向かって念入りに化粧をしていた。ここぞというときにしか使わない香水もつけた。高価なものは、大切に使わないといけない。

今日の日のために買った淡い水色のツーピースを着ると、改めて全身を映してみた。ピンクと水色、さんざん迷って水色にしたのだ。こっちにしてよかった。品がある。

正面のチェックが終わると、麗子は横からの姿を確認した。上半身にくらべて下半身のボリュームが気に入らない。腹部がぷっくりと出ているが、見て見ないふりをする。

厭なところは、見ないことだ。

もういちど前から見る。

(よしっ、これで万全だ)

鏡の中の自分に、にっこりとほほえんでみせた。

今日は、高校の同窓会なのだ。麗子たち同級生は、今年、六十歳になる。先日、「還暦記念同窓会」の案内がきた。同窓会は五年ごとに開かれていた。

（なりたくもない六十歳などになって、何が記念なものか）

ずっと欠席している麗子にとっては、久しぶりの同窓会になる。ふと、行ってみようかという気になった。

卒業以来、ただひとり、付き合いの続いていた伸子と一緒に行く約束をしていたのだが、昨日の朝、電話があった。

「ごめん、行けなくなった」

「あら、どうしたの」

「娘のとこ、生まれたの」

嫁いでいる娘に、二人目の子供が生まれるとは聞いていた。だが、たしか、予定日は七月の末だと言っていた。

「ひと月以上も早いのよ。おかげでわたしの予定は、ぜんぶ、パーになっちゃった」

伸子は、おおげさに溜め息をついた。

「そんなに早く生まれてしまって、大丈夫なの？」

「さいわい、異常はなかったの。ちょっと小さいけど、保育器にも入らなくていいって」

「よかったわねえ」

「でも、上の子供の面倒を見なけりゃならないでしょう。まだ、二歳になったとこなのよ。はじめて母親から引き離されたもんだから、ずっと泣いてる」

「かわいそうに」

一応は言ってみるが、

（そんなこと、わかっていたはずでしょ）

と、声にならないつぶやきをする。

「残念だけど、同窓会は諦める。ごめんね」

産後の娘と赤ん坊は病院に任せておけばいいが、上の子供の世話は大変だろう。だが、孫はおろか子供にも恵まれなかった麗子にしてみれば、その同情の裏に、ひとかけらの妬ましさがひそんでいるのも事実だ。

「それじゃ仕方がないわね。わたしひとりなら、どうしようかな、やめようかな」

「行きなさいよ。行ってらっしゃいよ。あとで話を聞かせて」

電話を切ったあとで、生まれたのが男の子か女の子か、聞くのを忘れたことに気がついた。上の子供がどっちだったかも聞いているはずなのに忘れている。ともだちの孫なんて、そんなものだ。

行こうかどうしょうか迷ったが、予定どおりに行くことにした。せっかく、今日のために洋服を買ったのだから……という思いがあったのも確かだ。

麗子の夫政男は、小さな衣料品関係の会社に勤めている。麗子とは、職場結婚だ。現在、六十四歳。来年、定年を迎える。

大企業とちがって、第二の勤め先など世話してもらえるはずがない。本音を言えば、健康なのだから、もうしばらく働いてほしいのだが、適当な就職口など簡単に見つかりそうもない。また、肝心の政男本人が何もせずにのんびりしたいようなことを言っている。それが麗子には腹立たしい。

年金暮らしになるだろうこれから先のことを思うと、節約に努めなければならない。夫婦ふたりだけの暮らしだが、もともとの給料が少ないので、生活はあまり楽ではなかった。貯えも高がしれている。このツーピースも、デパートのバーゲンで買ったものだ。

麗子は、自分の結婚生活を振り返って、こんなはずではなかったと愚痴をこぼしたくなる。実家の母親がいつも聞き役になってくれていたが、その母親が亡くなってからは、鬱憤の捌け口がなくなってしまった。

「おきれいいね」

「麗子さんは美人だから」

賛辞に囲まれていたあの青春の日々は、どこへ消えてしまったのだろう。

麗子は、ものごころついたころから、「かわいい」とか「お人形さんのようね」とか言われ続けた。慣れてしまって、それが当然になっていた。

三歳下に、妹の春子がいる。姉妹は、まったくと言っていいほど似ていなかった。

麗子を見て「かわいいお嬢ちゃんね」と言った人は、春子を見て口ごもったあと、「お元気そうなお嬢ちゃんね」と言う。

両親は決して美男美女ではないのに、麗子は両方のいいところだけをピックアップしたようだ。そして、春子はその逆になってしまったらしい。お盆のような丸顔の中心に、同じく丸い鼻が埋もれそうになっている。下がり気味の目は細くて、いつも眠そうだ。

妹が不憫になるときがある。容貌は生まれつきのものだから仕方がないとしても、名前まで差別されているような気がする。あまりにも平凡だからだ。

麗子は、自分の名前が好きだった。

子供のころは、そんな演技はできなかったが、おとなになってからは「れいこ」の字を聞かれると、いつも伏し目になって、こう答える。

「自分では、言いにくいわ」

伏し目がポイントなのだ。

勘のいい人はすぐわかってくれるが、怪訝な顔をされるときもある。そういうときは、ますます小さな声で、こう言ってみせる。

「麗しいっていう字なの」

そして、

「まあ、ぴったりのお名前……」

などと言われると、胸のうちで快哉《かいさい》を叫びながら、

「あら、そんな……。厭だわ」

と、体をくねらせる。相手の鼻白む気配を感じても気にしない。事実だから仕方がないではないか。

子供のころ、母親に「麗」の漢字の意味を教わった。うれしかった。

「私たちの名前は、誰が決めたの？」

「麗子の名前は、お父さんとふたりで考えたのよ。でも春子のときは、そのころ、お父さんが姓名判断に凝ってて……。でも、やさしくっていいかなとわたしも思ったの」

春子自身は、姓名判断の結果だという母親の言葉を信じずに、「安易な命名だ」と文句を言ったことがある。四月のはじめに生まれているからだ。春子の不満も当然だと思う。

それはさておき、春子はその名前のとおり、ぼわーっとした娘に成人した。顔も体もふっくらとして羽二重餅を連想させる。性格も穏やかだ。だが麗子は、（ぼんやりした妹だ）と、よくいらいらしたものだった。

それなのに、そのぼんやりした妹は、国立大学の法学部に、あっさりと現役で合格してしまった。そんなに学業成績はよかっただろうか。不思議だ。それのみか、親しくなった同級生と、卒業を待ってさっさと結婚してしまった。姉の麗子を差し置いてだ。

結婚した相手は、司法試験を目指していた。司法浪人中は、春子が会社勤めを続けて生活を支えていた。

（合格するまで何年かかるかわからないのに……。まるでヒモじゃないの）

内心、麗子は鼻で笑っていたが、二度目の挑戦で合格、春子の夫は、その後、弁護士になった。

春子の運は、昇り調子だ。

小馬鹿にしていた妹の春子は弁護士夫人となり、ふたりの息子に恵まれた。また、その息子たちがそろって学業優秀だというから、麗子にしてみれば、世の中、どうなってるんだと言いたい。

麗子の武器は、容貌だけだ。

平凡なＯＬ生活の間、麗子は男性社員によくもてた。でも同僚の女性社員には、あまり評判がよくないのに気がついていた。

(みんな、わたしの容貌に嫉妬してるんだ)

麗子は、意に介さなかった。ちやほやされるのは楽しい。しかし、バラ色の日々も続くと、飽きてくるものだ。周囲に群がってくる男たちも軽薄で、結婚したいと思うような男はいなかったし、彼らも何故か、結婚を申し込むことはしなかった。

そんな男性社員たちの中で、政男は異質だった。麗子に憧れの視線を送ってくるのに、具体的に何をどうしていいのかわからないような様子だった。その無口で朴訥な雰囲気にひかれ、はずみで結婚してしまった。

はずみとは言っても、かんじんなことは、ぬかりなく調べた。政男本人も、そこそこの私立大学を出ている。会社も一流とは言いがたいが、まず安泰だろう。さらによいことには、彼の両親は長男一家と同居していて、次男の彼は親の面倒を見なくてもいいという点だった。

ところが、麗子のもくろみは大きく崩れた。

結婚後三年目に、政男の兄が車の巻き添え事故で亡くなった。兄嫁は、多額の賠償金を受け取ると、子供を連れてさっさと実家に戻ってしまった。

その二年後、失意のうちに、義母があっけなく、急性肺炎で亡くなった。政男はすぐに、ひとり残された父親との同居を決めた。

麗子にしてみれば、天地がひっくりかえったに等しく、おおいに不本意だ。だが政男しか身内がいないのに、年老いた義父をひとりでほっておくこともできない。そこまで薄情には、なれなかった。

やむを得ず、それまでのモダンな新築の賃貸マンションから、築五十年という傾いた古家に引っ越した。

二階建だが、階下は玄関や風呂、台所のほかに六畳間がひとつ、二階は六畳間がふたつという小さな家だ。庭もなく、日当たりも悪い。とりわけ、ときどき出没するムカデには、悩まされたものだ。

そんな、じめじめとした古家など何の魅力もない。家賃が要らなくなっただけが、ただひとつの慰めだ。麗子は子供が生まれたら、何としてでも、もっとましな家に移ろうと企んでいた。だが、待てど暮らせど、子供は授からなかった。

麗子の不運は、それだけにとどまらなかった。政男の会社が、業績悪化の同業会社を吸収合併することになった。それだけならどうということはないのに、政男は相手方の会社へ行くことになり、さらにそこの子会社へまわされた。

格の上がった肩書を貰ったわけでもなければ、責任のある立場についたわけでもない。なぜ、そんな目に遭うのだろう。麗子は、政男には、よほど能力がないのかと前途に不安を持った。

だが、当の政男は、

「小さなところは、気楽でいい」

と、苦にした様子はない。

妹の春子は弁護士夫人。それに対抗して、自分は重役夫人、せめて部長夫人を夢見ていたが、しょせん、夢で終わるのは明らかだ。

義父が、肝臓を患って亡くなったのは、その五年後だった。若いときからの深酒のたたりだ。

麗子は、ようやく古家から脱出できたが、乏しい貯えを足しても、小さな中古マンションを余儀なくされた。

自分の不運は、政男と結婚したことに始まったのだと、腹立たしく思う。ほかにもっとましな男がいたはずなのに……。

魔が差したとは、こういうことを言うのだろうか。

だが、離婚を考えるほど、政男に決定的な不満や落ち度があるわけではない。また、そんな勇気もない。自活する能力がないからだ。

結局、麗子は、不平不満を抱えながら夫婦ふたりの暮らしをずるずると続けてきた。このまま、死ぬまで続くだろう。

ともだちの伸子に言われたときがある。

「あなたって、気の毒に五年ごとに何か起こるのね。だから同窓会へは、ちっとも行けないじゃないの」

そう言えば、義母が亡くなり、不本意な引っ越しの準備に追われているときに、同窓会の案内状がきた。そのときは気分的に滅入っていて、ともだちに会いたくなかった。麗子は、返信用はがきの「欠席」を邪険に丸で囲んで投函した。

つぎの同窓会は、義父の容体が悪化して、医師に「あと何日持つか」と言われているころだった。もちろん、行けるはずがなかった。

五年ごとの災厄は、まだ続いた。

実家の父親が肺ガンを患い、入院生活を送っているときに、また、同窓会があった。母親ひとりでは心細かろうと、麗子が主になって看病に当たっていた。春子は離れた土地に住んでいたし、近くに住み、しかも子供のいない麗子は身軽だから頼りやすいという意識が誰にもあった。麗子自身もその役目を抵抗なく買って出た。

父親は、しばらくして亡くなった。

同窓会は熱心な幹事のおかげで、五年ごとに開かれていたが、つぎの同窓会は、政男が足を骨折して入院していた。

「行ってこいよ」

政男は言ってくれたが、麗子はなんとなくおっくうになって行かなかった。

つぎの同窓会は、前年亡くなった母親の一周忌法要に当たってしまった。

麗子が同窓会に行きたくても、まるで誰かが仕組んだように差し障りができた。仲子も不思議がったが、麗子のほうが不思議だ。もう同窓会なんかどうでもいいと思って、その後、行こうと思えば行けた日時であっても行かなくなってしまった。

それなのにどうしたことか、今回の案内状にあった「還暦」の文字に心が揺らいだ。「還暦」のあとには「老い」が待っている。自分にはまだまだ先のことだが、残念ながらいずれは老いる。若々しく美しいうちに、昔のともだちに会ってみたいと思った。

同性のともだちもだが、せっせと手紙やプレゼントを寄越した多くの男子生徒たちは、どうしているだろう。彼らは麗子に会うと、どう言うだろう。

「懐かしいなあ、ちっとも変わらないねえ」

「いつまでもきれいだな」

「じつは、君は僕の初恋の人だったんだよ」

「ちくしょう、俺を振ったな」

きっと彼らはやさしくほほえみながら、こんな言葉をかけてくるだろう。四十年以上も昔の高校生たちは、ほんとうに純情だった。

麗子は、もう名前も覚えていないが、デートをすっぽかしたら、泣いてなじった彼。

映画の帰りに手を握ってあげたら、ほうけたような顔をした彼。

試験中、答えをそっと教えてくれたけど、それがまちがっていたから絶交した彼。

そして、麗子をめぐって殴り合いをしたという彼。

そのほかの、彼、彼、彼……。

同窓会の案内状は、面白みのない毎日を送っている麗子に、明るい光を投げかけた。

もういちど、男たちの熱い視線を浴びたい。

おとなになった彼らは、わたしをどう扱ってくれるだろう。最近のテレビドラマでは、シニアの恋がよく出てくる。ひょっとしたら、自分も甘美なひとときを経験できるかも知れない。

いつだったか、

「同窓会には、万一を期待して、新品の高級下着を身につけていくべし」

という女性週刊誌の記事を読んで、伸子と大笑いしたことがある。

そこまではする気もないが、あと、飲みに行くぐらいは誘われたいものだ。いや、きっと誰かが誘うにちがいない。誘わないはずがない。複数の男たちに誘われたら、揉めないように上手に捌かないといけない。昔は、そんな争いの処理は慣れていたけど、もうすっかり忘れてしまった。

まあ、そういう事態になれば何とかなるだろう。

伸子の欠席というハプニングはあったが、麗子は、うきうきと今日の日を迎えたという次第なのだ。

麗子は、強い日差しの中を急ぎ足で歩いた。自分の服装が少し季節に遅れ気味だったかと思ったが、いまさら仕方がない。どうせ、中へ入ると冷房が効いているはずだから……と自分を納得させて会場へ入った。

受付の名簿には、氏名欄に旧姓も併記してあった。

麗子が名簿に印を入れていると、そっと覗き込んだ受付係の女が、

「あらぁ、浅井さんだった。失礼しました。さっきから、どなたかしらと思ってたの」

にこやかに挨拶を返したものの、麗子はその女にまったく記憶がない。

横にいた別の女は、同じように名簿を覗いたあと、麗子の顔をちらりと見て、わずかに首を傾けた。

(浅井って、そんな人いたかしら)

という様子だ。

麗子は少し、むっとした。高校在学中、麗子が知らない同級生はいても、麗子を知らない同級生はいなかったはずだ。自分は、あまり変わっていないはずだ。それなのにわからないのだろうかと、意外に思った。

広間のあちこちに、何人かずつ集まって立ち話をしている。

胸につけられた名札には、旧姓も添えられているのだが、それを見ても、麗子は誰が誰だか、さっぱりわからなかった。同じクラスだった人たちのことは、ある程度は名前を覚えているのだが、その人たちの姿も見当たらない。

麗子は所在なげに、手近にあった椅子に腰をおろしていた。自分が会場へ姿をあらわすと、みんなが懐かしがって迎えてくれるような気がしていた。歓声をあげて……とまではいかなくても、何人かが周囲を取り巻いて、自分はうれしいような照れくさいような気分になるだろうと思っていた。

ところが、

「あら、お久しぶり」

と、笑顔を向ける人はいても、それ以上の会話はなく、ほかの人とにぎやかな笑い声をあげている。

麗子は、次第に顔がこわばってきた。久しぶりの同窓会など、ひとりで来るものではない。伸子がいないことが恨めしかった。

そっと抜けて帰ろうかと思ったとき、

「はい、はい。お待たせしました。みなさん、クラス別に、それぞれのテーブルに座ってください」

幹事の声で、ぞろぞろと移動がはじまった。麗子は帰るタイミングを失してしまい、仕方なく、指定のテーブルについた。同じクラスだったという周囲の顔ぶれを見ていると、さすがに記憶が戻ってきて、ほっとした。

招待されている教師たちの型どおりの挨拶が終わると、くつろいだ雰囲気になった。

料理は、バイキング形式だ。

元クラスメートたちと打ち解けられそうな空気になったのも束の間、皿を片手に持った彼女たちは、どこかへ消えてしまった。

最初に決めたテーブル席は、あってなきが如しという状態だ。麗子が、やはり帰ろうかと思いはじめたとき、

「ひょっとして、浅井さん？」

背後から、男の声がした。

「長尾です。覚えてくれてる？」

ようやく、麗子が待っていた場面が展開しそうだ。

「あら、長尾さん、お久しぶり。もちろん、覚えてますよ」

長尾という生徒は、おぼろげな記憶しかないが、懐かしそうな声をあげてみせる。

「僕は？」

もうひとり、胸の名札を隠して、いたずらっぽい笑顔を向けてくる。

「ええっと……」

「わからない？　冷たいなあ」

改めて名札を見ても、まったく記憶がない。だが、そんなことはおくびにも出さずに話を合わせる。誰でもいい。自分に関心を持ってくれればいいのだ。帰らなくてよかったと、麗子は思った。

しばらく、とりとめもない話をしていると、両手にグラスを持った男が、長尾の後ろを通り過ぎようとしていた。

（あれは、植村くんじゃないだろうか）

麗子の視線をたどった長尾が、

「おい、植村。誰かわかるか」

立ち止まった植村は、麗子を見て戸惑ったような顔をしている。

「浅井です。お久しぶり」

にっこりと、ほほえんでみせた。

「アサイさん？」

よくわからないようだ。麗子の顔と名前が結びつかないのではなく、麗子のことがまったく記憶にないようだ。

そんなことって、あるだろうか。

「暁の決闘の彼女だ」

「何のことだ、それ」

「おいおい、忘れたふりをするなよ。浅井さんのことでラグビー部の山岡を朝早く呼び出して、殴り合いをやっただろうが」

「うん？　そんなこと、あったかな」

苦笑した植村は、グラスに視線を当てると、

「ちょっとこれ、頼まれてるので渡してくる」

それきり、戻ってこなかった。

麗子は、ひどく傷ついた。

その決闘のことは、あとで聞いた。植村と映画を観に行ったあと、しばらくして山岡と、また別の映画を観に行った。あのころは映画の全盛期で、よく誘われて映画を観に行ったものだ。

ふたりの男子生徒が自分のことで殴り合いをしたということは、麗子にしてみれば、この上なく愉快で自尊心をくすぐった。そのいっぽうで、特定の間柄でもないのに、たかが山岡と映画

に行ったぐらいで……と植村がひどくちっぽけな人間に思えて、そのあとの誘いはすっぽかした。

だが、その小さな事件は、麗子の中で忘れることはできなかった。また、植村と山岡のほうも忘れるはずはないだろうし、自分がふたりの心を傷つけたであろうことは、ちょっとだけ申し訳ないと思っていたのだ。

それなのに、いまの植村の態度はどうだろう。ほんとうに忘れているのだろうか。

「そんなこと、あったかな」

だって？　山岡の姿は見かけなかったが、山岡もあの一件を忘れているのだろうか。

そう言えば、ほかにも何人か、記憶の甦ってきた顔があったが、当時、あれほど麗子を追いかけていたことはまるで忘れたように、軽い挨拶をするだけだ。出席している多くの同窓生のひとりとしか、見ていないようだ。目が合っても、声すらかけない男もいる。

長尾に声をかけられてうれしがっていた自分が、馬鹿みたいだ。

また帰りたくなってきた。

麗子は、化粧室に入った。三つの個室のうち、ひとつだけ空いていた。麗子がそこに入ると、入れ違いに用をすませた先客たちが出てきた気配がした。手を洗いながら、ひそひそと話している。

「ねえ、ねえ。浅井さん、来てたわねえ」

とつぜん、自分の名前が聞こえたので驚いた。自分のことだろうか。「アサイ」という姓の同級生は、ほかにいなかったはずだ。

「ああ、浅井さん、久しぶりだわね。すっかり太っちゃって……」

「あら、人のことは言えないんじゃないの」

ふたりは、声をあげて笑った。誰だろう。声だけではわからない。

「でも、あの人、老けたわねえ。これも人のことは言えないけど」

「きれいな人は、老けるのが早いのよ」

「でも、わたしは美人でございますって態度だけは、変わりないわ」

「体は太っているのに、顔は皺だらけね。おまけに、香水ぷんぷん、顔はこってりと塗りたくっちゃって」

さらに声をひそめたが、ドアの中の麗子には筒抜けだ。

「ちょっと言い過ぎよ。でも、真実をついてるのがこわい」

「美人は落差が大きいでしょ。無残ねえ」

「その点、わたしたちは、あまり変化がないってこと？」

「いいんだか、悪いんだか」

ふたりは、くすくす笑いながら化粧室から出ていった。

麗子は、狭い個室の中でぼうぜんとしていた。ひとつの個室のドアが閉まっているのに気がつかないのだろうか。誰が入っているかわからないというのに、場所をわきまえない愚かな人たちだ。

こともあろうに、自分の悪口を立ち聞きしてしまった。猛烈に腹が立ってきた。会場のほかの女たちとくらべて、自分はまさってこそあれ、劣ってはいないはずだと思った。その証拠に、散会後、きっと誰かが誘ってくるだろう。たぶん、二次会、三次会があるだろうが、そんなところへは行かせまいとする誰かが、そっとそばへ寄ってくるだろう。麗子を独占したいと思う誰かが……。

自分の悪口を言っていたあのふたり、思い知るがいい。女同士でわいわいがやがやと騒ぐしか、能がない人たちなのだ。麗子は奥歯を噛み締め、目を光らせながら、帰るのはやめて最後までいることにした。

麗子は、電車に揺られていた。まだ八時前だというのに、もう、帰路についていた。

閉会の挨拶のあと、幹事は三宮で二次会の予定をしていると言った。店の名と場所をプリントした紙を、手当たり次第に渡している。なかなか、用意がいい。

「ね、行こうよ、行こう」

長尾が人込みを縫いながら、誰彼の見境なしに声をかけている。長尾だけではない。同じように積極的に女たちを誘っている声が、あちらこちらで聞こえる。麗子も声をかけられたが、そのあたりに群がっていた女性たちへの呼びかけに過ぎなかった。

「てきとうに、タクシーに分乗っ」

女たちは、にぎやかな笑い声を残して、つぎつぎとタクシーに乗っていった。

しかし、麗子は乗らなかった。二次会こそ、ひとりでは行きにくいし、また、行きたくもない。

「その他大勢」はお断りだ。

人が少なくなった玄関ロビーを、思わせぶりにゆっくり歩いてみたが、麗子にそっと近寄ってささやく男はいなかった。

さすがの麗子も帰る潮時だと思い、憮然とした顔で閑散としてきたロビーをあとにしたのだった。

麗子が帰宅すると、政男が寝転がってテレビを見ていた。

「早かったな。もっとゆっくりしてくればよかったのに」

柄にもなくやさしい言葉も、いまの麗子には厭味に聞こえる。

無言で洗面所へ入ると、手を洗ったついでに、鏡に写った自分の顔をしげしげと見た。

(きれいだわ)

少し疲れてはいるが、頬が上気している。

また、鏡が薄汚れて曇っている。そばにあったティッシュペーパーで拭いてみたが、すっきりしない。鏡専用の洗剤で拭けばいいのだが、映りが悪いほどではないから、なんとなく不精をしているのだ。

もういちど、鏡の中の顔を見る。

老けただって?

皺だらけだって?

塗り過ぎだって?

(何を言ってるのよ。ほら、やっぱりきれいじゃないの。厭ねえ、女のひがみって)

麗子は、鏡の中の自分に、にっこりほほえんだ。

三　さよなら、王子さま

電車の中は冷房がきいているが、強い日差しが、外の暑さを思わせる。

吉本静子は、まだ迷っていた。

(どうしよう。やはり、よそうかな)

でも、電車が途中の駅に止まっても、体は動かない。迷っているつもりでも、足は静子の気持ちを察しているようだ。

今日は、高校の同窓会だ。同窓会は五年ごとに開かれていたが、今年はわざわざ「還暦記念」と添え書きがしてあった。

静子は、経済的な理由で大学へは進まなかった。だから、高校の同窓会は楽しみのひとつだったのだが、行きたくない事情ができてしまったのだ。

静子から同窓会の楽しみを奪ったのは、消防署に勤めていた夫義雄の不慮の死だ。静子が三十三歳、義雄が三十六歳の夏の終わりだった。

集中豪雨で増水した川に、義雄は中年の女性とともに転落、ふたりとも水死した。

最初のマスコミ報道は、

「無理心中か?」

だった。ふたりが直前に争っていたという複数の目撃情報に加えて、女性の夫の言葉がひとり歩きをしてしまった。

「じつは、妻は誰かと不倫関係にあって悩んでいました。打ち明けられて、わたしも悩みましたが、夫婦で話し合い、妻はその男と別れることにしました。相手はどこの誰か、聞かずじまいです」

普通なら隠しておきたい事情だ。それをぺらぺらとしゃべる夫を揶揄するかのように、マスコミは、いっせいに書き立てた。相手が義雄だと決めてしまった。

見出しについている疑問符などは、なきにひとしい。

「増水警戒中に、消防署員が立場もわきまえず……」

「年上の女性との不倫」

「別れ話のもつれか」

「濁流に愛を清算」

無責任な文字が、静子に襲いかかった。

青天のへきれきとは、こういうことをいうのだろう。義雄のほうから仕掛けたのだろうか。無理心中は、殺人罪になるのだろうか。

(あの義雄が、そんなことをするはずがない)

夫を信じつつ、もしやという思いで、静子は恐れおののいた。

そして警察の捜査の結果、義雄は巻き添えになったらしいということになった。女性は入水自殺をしようとしたのか。あるいは、足をすべらせて転落しそうになったのか。いずれにせよ、義雄はその女性を制止しようとして揉み合っていたのだろうと判断された。

義雄と女性との接点も見つからず、女性の不倫相手も判明したらしい。しかし、巻き添えの可能性は報じられても、女性の不倫相手の名前などは公表されるはずがない。だから、

「無理心中ではなくても、不倫はほんとうかもしれない。女があてつけに死のうとしたのを止めようとして、一緒に落ちたのではないだろうか」

という噂が、静子の耳にも入ってきた。

周囲の視線は、同情を装いつつも冷たい。

夫の浮気に気がつかなかった愚かな妻。さらに理由はともあれ、その夫にとつぜん死なれた不

幸な妻。それが静子なのだ。

「人を助ける訓練を受けているはずなのに、頼りない消防隊員だ」

とも非難された。

最初の誤報から受けた衝撃、周囲の消えない誤解など、静子の心の傷は深い。

それに加えて、就学前のふたりの幼い娘たちとの生活を、これからどうやって支えるかという問題もある。義雄は、まだ若くて勤続年数も短かったから、退職金も少ない。当日、義雄は非番だったから、労災も適用されなかった。

義雄の死を悲しんでいるひまはなかった。

子供が生まれてからは専業主婦で育児に専念していた静子だが、早急に職探しをしなければならなかった。

(正義感も結構だが、自分の身の安全や、家族のことも考えるべきだ)

と、義雄を恨んだ。相手が行きずりの女であろうが、義雄の浮気相手あろうが、もう、そんなことはどうでもよかった。

静子が働いている昼間は、実家の両親が子供たちを預かってくれることになった。実家が近かったのがさいわいだった。ただ、それ以上の金銭的な援助までは望めない。静子の実家は平サラリーマンの家庭で、生活に余裕はなかった。

義雄の両親も切り詰めた生活で、義雄の退職金を当てにしているようなそぶりだ。そのいっぽうで、一緒に死んだ女を浮気相手と決めているようで、

「亭主の浮気は、女房が至らないからだ。不満のない女房なら、男は浮気なんかしない。義雄は女房運が悪かった」

と、静子の神経を逆なでするようなことを言った。義父母のその会話を聞いてしまった静子は、退職金を抱え込んで義父母と決別したのだった。

義雄の元上司が、消防署の関連施設に就職を世話してくれたのが救いだった。しかし、何の資格も特技もない事務員の給料だけでは、親子三人の生活は苦しい。

やむなく手をつけた退職金は、日々の暮らしの中で、みるみるうちに減っていった。静子は、法に触れないことは何でもするくらいの覚悟で、休日も髪振り乱して働いた。

そんな毎日だったから、同窓会どころではなかった。旧友に、さも同情しているような顔で慰められるのも厭だし、白々しく励まされるのは、もっと厭だった。

出席すれば、何千円か、ときには一万円の会費もいる。着ていく洋服もいる。出費は極力、避けたかった。

送られてきた同窓会の案内状は、日時も見ずに、いつも破り捨てた。

静子は、旧友の誰にも会いたくなかった。

我ながら、よく乗り切ったと思う。ふたりの娘も奨学金の助けを借りながら、人並みに大学まで行かせてやれた。ふたりとも、地味だが堅実な会社に就職できた。

静子は、来年の年度末で定年退職が決まっている。さいわい、健康には恵まれている。生活もゆとりが出てきた。

（定年後は、気ままなひとり旅にでも出かけてみようか）

明るい気持ちになっていた矢先に舞い込んできた還暦記念の同窓会案内状だった。

忘れていた同窓会の楽しさがよみがえってきた。はがきを見ていると、ひとりの男の顔が浮かんできた。男といっても、まだ高校生の顔だ。最近よく思い出すが、いつも昔の顔だ。それしか知らないのだ。

石川五郎。その姓と、しかも名前に「五」がつくことから、みんなに五右衛門と呼ばれていた野球部の人気者だ。静子の初恋の相手だった。初恋といっても静子の片思いで、五郎は何も知らなかったはずだ。

静子たちの高校は、静子や五郎たちが二年生のとき、夏の高校野球大会の県代表になった。五郎は、とにかく、よく打った。一年生のときから、ホームランバッターとして、その名前はとどろいていた。甲子園では残念ながら二回戦で敗退したが、地元ではヒーローだった。

スポーツのできる男子生徒は、女子生徒の憧れの的だ。ましてや、五郎が野球部を甲子園へ連れていったと言っても過言ではないほど、地区予選で大活躍したのだ。

五郎のいるところには、いつも少女たちの熱い視線がまつわりついていた。それなのに五郎は照れているのか、女子生徒には愛想が悪く、またそれが逆に人気をあおる結果になっていた。

静子は目立たない少女だった。学業成績は中の上といったところだが、スポーツは苦手だった。顔立ちも平凡だ。男子生徒からかわいいと噂されている級友の横顔をそっと見て、うらやましく思ったものだ。

そんな静子から見れば、五郎は別世界の王子さまだ。同じクラスになったことはなかったが、廊下で出会うことは多かった。しかし、すれちがっても目を伏せて通り過ぎ、しばらくは動悸が治まらなかった。いま考えると、あまりの幼さに苦笑するしかないのだが、そのころは、たぶん、自分の内気な初恋に酔っていたのだろう。

五郎は東京のある私立大学に進んだ。野球部の推薦入学だったと聞いた。

高校卒業後、五年目に開かれた最初の同窓会に行った。その日、五郎は来ていなかったが、噂を聞いた。大学へ進んだあとも野球を続けたが、そこの野球部のレベルは高く、五郎の出番はなかったそうだ。

「五右衛門でも、大学では通用しないのかしら。気の毒ね」

静子がさりげなく言うと、

「あの大学の野球部には、全国から優秀なのが集まってくるんだものねえ。世の中、それほど甘くないのよ」

かつて、目の色を変えて五郎を追いかけていたその友人は、冷たく言い放った。

そのときにもらった名簿を見ると、五郎の職業欄には、一流とは言えない建設会社の名前があった。住所は千葉県だった。

（失意に沈んでいるかもしれない五郎を、慰めてあげられたらどんなにいいだろう）

たとえ、野球から落ちこぼれても、遠くに離れてしまっても、五郎は静子の王子さまのままだった。

高校卒業後は五郎に会うこともなく、その面影も自分ひとりの思い出の中へ埋もれていった。初恋とはそういうものだと自分に納得させていた。


義雄の死後、滅入りそうになった気持ちを引き立てるように、楽しかった高校生活を、ことさら振り返ることにした。そのとき、目に浮かぶのは、五郎の日に焼けた顔だった。おりにふれて、静子は五郎を思った。実際には五郎と言葉を交わしたこともなかったのに、記憶の中の五郎は、まるで恋人のようにやさしかった。

亡夫の義雄とは、見合い結婚だ。

静子は、義雄とは経験のなかった激しく甘い日々を、想像の世界で五郎と過ごすようになった。五郎にささえられたからこそ、ひとりでここまで生きてこられた……。誰にも言えない静子だけの秘めごとだった。

思いがけない同窓会の案内状を手にして、静子は五郎に会いたいと思った。もちろん、会ってどうなるものでもないし、いまさら、どうにかなりたいとも思わない。それに、五郎が出席するかどうかもわからない。

何日か、ぐずぐずとためらったあと、思い切って照代に電話をかけた。同じクラスだった照代は、義雄の事故のあと、やさしいいたわりと励ましの手紙をくれた。うれしかった。最近は年賀状だけの付き合いになってしまったが、照代のやさしさは忘れられない。

「あらまあ、静ちゃん、ほんと、静ちゃんの声だ」

照代は、飛び上がらんばかりの喜びようだ。

「お久しぶり。お元気?」

「うん、元気、元気。元気過ぎてぶくぶく太っている。あなたも元気?」

照代が、静子からのとつぜんの電話を、こんなに喜んでくれるとは思わなかった。うれしくて目が熱くなった。

近況を話し合ったあと、同窓会の話を持ち出すと、

「行こうよ。わたしね、幹事を押し付けられてるの。むずかしいことはごめんだから、はがきの整理を引き受けてるのよ。ほら、出欠の返事の……」

「わたし、どうしようかな。まだ返事を出していないわ」

「何を言ってるの。一緒に行こうよ。行って手伝ってよ。雑用がいっぱいあるのよ」

照代は明るく誘ってくれるが、静子には、まだ少しためらいがある。

「わたし、何となく行きづらくって、いままで欠席してたんだけど……」

「もしかしたら昔のご主人のこと？　誰がそんなこと覚えているもんですか」

静子は、苦笑する。

「あなた、覚えてたじゃないの」

「あ、そうか」

照代も笑った。

「でも、あなたもご主人も悪いことをした訳じゃなし、けろっとしてたらいいのよ」

「うん、ありがとう。それはそうと、どうお、みんな、来るみたい？」

「還暦記念のせいかしら。いままで来なかった人が、たくさん来るようよ。いま、出欠のはがきを整理しているところなの。それにしても厭ねえ、還暦だなんて。ぞっとするわ」

照代はしゃべりながら、はがきを繰っている様子だ。何人かの名前をあげていく。

ひとりの名前が、静子の耳を捕らえた。

「えっ、石川五郎って、あの石川さん？　五右衛門じゃないの」

「あら、ほんとだ、五右衛門だ。この人、いままで来たことがなかったのよ。へええ、来るのね。我らがヒーローは、どんなおやじになってるんだろ」

（五郎が来る。五郎に会える）

静子は信じられない思いで、受話器を持ったまま、ぼうぜんとしていた。

「もしもし、静ちゃん、どうしたの」

「ああ、ごめんなさい。何でもない。わたしも行こうかな」

「行こう、行こう。わたしも久しぶりに会いたいわ」

静子は出席を約束して電話を切ったが、胸のうちでは、まだ迷っていた。

（五郎に会いたい。でも老けた姿を見られたくない）

つぎの日になると、

（五郎がわたしのことなんか、覚えているはずがない。そっと顔を見るだけでいいのだから、行こう）

毎日、そんなことを繰り返しながら、同窓会の日になった。

会場になっているホテルに着いた。指定された大広間をおずおずと覗くと、目の前の受付に照代が座っていたので、ほっとした。

「あ、来た、来た。ちょうどいいわ。これを運ぶのを手伝って」

照代が静子の顔を見るなり、用事を頼むのも、静子のこだわりを解くための思いやりだろう。事実、挨拶もそこそこに手伝っている静子は、何の違和感もなく、雰囲気に入っていくことができた。

意味ありげに静子を見たりする人はいなかった。他人のことなど、すぐ忘れてしまうものだろうし、他県に住んでいて、最初から事故のことを知らない人もいるだろう。静子は、自分の思い過ごしだったことを知った。

受付の名簿はクラス別になっているので、別のクラスだった五郎が来ているかどうか、わからない。そっと周囲を見渡しても、それらしい姿はなかった。

会が始まった。幹事のひとりが挨拶をする。

「よっ、幹事長」

やじられて照れていたが、なかなか、上手だ。

「さすが、もと校長ね」

照代が、静子にささやいた。

「校長？」

「どこかの中学の校長先生だったそうよ。わたしたちの学年は、なぜか、学校の先生になった人が多いの。小学校から大学まで、先生がそろっているそうよ」

照代の声が聞こえたのか、前に立っていたひとりが振り向いた。

「校長や教頭までいった人はいいけど、そうでない人は同窓会には来にくいでしょうね」

棘を含んだ口調だ。

「そんなこと、気にする必要もないし、まわりも、とやかく言うのはよくないと思うわ」

照代がたしなめるように言うと、相手は黙ってしまった。

照代の言葉は正しい。だがやはり、同窓会に来るのは、人生の勝ち組が多いだろう。かつての自分のように、事情があって誰にも顔を合わせたくない人もいるはずだ。また、出席したくても、会費や交通費さえままならぬ人もいるかもしれない。

静子にしてみれば、照代の誘いがあったればこその今日の出席だったが、肝心のお目当ての五郎はどこだろう。

料理はバイキング形式だった。グラスを片手にあちこちのテーブルを回る如才のない人もいれば、山盛りにした皿を前にして、ひたすら食べるのに集中している人もいる。

照代と静子は、集まっていた三人の男性たちに声をかけられた。照代は、同窓会には小まめに来ているらしく、顔なじみのようだ。

「よう、久しぶりだな」

彼らは、静子にやさしい目を向けた。静子もほほ笑んだ。

照代が思い出したように言った。

「あら、みなさん、野球部だったんじゃないの。石川さんが来てるはずなんだけど」

「五右衛門か。あそこにいるよ」

ひとりが、あごをしゃくった。

距離があるのでよくはわからないが、かなり、頭髪の薄くなった男がいた。周囲の人たちより、頭ひとつ抜き出ている。よく見ると、五郎の面影があった。高校を卒業して四十年が過ぎて、はじめて見た初恋の男の顔だ。

今日、ここへ来るまでは、五郎に会ったら自分はどうなるだろう。たぶん、うろたえて、周囲の人に不審がられのではないかと心配していた。いまは遠くから眺めているだけだから、平静でいられる。静子は息をつめて見つめた。もうこれでいいと思った。

六十にもなる女が、高校時代の初恋を後生大事に抱き続けていたなど、世間ではとんでもないお笑い草だろう。自分の心のうちを誰かに知られるのは厭だった。照代にさえ、知られたくない。

「まあ、おなかも出ちゃって、昔の面影はないのね」

照代が、くすくす笑いながら、

「野球部だった人たち同士は、いまでも付き合いはあるんでしょう」

元野球部のひとりが、せせら笑うように、

「俺たちは、よく集まって飲んでるさ。でも石川は呼ばねえよ」

「どうして。仲が悪いの」

同じクラブ、特に運動部の絆は固いと聞いている。

「学校にいる間は、あいつのためにというより野球部のために我慢したけど、卒業したら、もう関係ないよ」

「何を我慢してたの。ねえ、気になる。教えてよ」

照代は、人の少ない壁ぎわに誘った。彼らはちょっとためらったあと、声をひそめて話し始めた。

「女の子たちは知らなかっただろうな。あいつ、かなりのワルだったんだよ」

信じられないことを聞いた。酒、タバコ、それに試験のときには、カンニングの常習だったそうだ。

「それぐらいなら、ほかにもやっている奴もいるさ。自慢じゃないけど、俺もやったことがある。

でも、あいつ、同級生や下級生から金を巻き上げていたんだぞ」

「ほんとう？　信じられない」

静子はつぶやいた。

「俺たちも、何度か、やられたなあ」

照代も、信じられないという様子で、

「どうしてわたしたちの耳には、入ってこなかったのかしら」

「俺たちがかばっていたからさ。不祥事がばれたら、甲子園どころじゃないからな。俺たちも甲子園へは行きたかったよ。だから我慢して隠し通したんだ」

運動部の結束は、こういうときにも発揮されるのか。

「でも、中尾のときは、あいつもさすがに慌ててたな」

三人は、にやっと笑った。友達の悪口を並べ立てる態度は、聞いていて愉快なものではない。

しかし、思わせ振りな言葉も気になる。照代も、

「何よ、言ってしまいなさいよ」

彼らは、どうせ、すべてをしゃべるつもりなのだ。

「中尾って女の子、いただろう。二年の途中でどっかへ転校した……」

彼女のことは知っていた。転校したあと、ひとつの噂が流れたことを覚えている。

「ええ」

照代の相槌も歯切れ悪い。

「できちゃったんだよ。犯人は石川だ」

昨今では、高校生どころか中学生でも、学校の中で生徒同士が中絶費用のカンパをするという話だ。だが四十年も昔のあのころでは、高校生が妊娠したということは、大変なことだった。

その女生徒のとつぜんの転校をめぐって、噂が乱れ飛んだ。そして、

「わたし、あの人がトイレでげえげえとやっているのを、見ちゃったのよ」

という話が真実味を帯びて語られ、転校の理由に納得がいったのだった。

静子は、親交のなかった生徒だったから、そのときは眉をひそめて「厭ねえ」と言っただけで、その後のことは知らない。

「ほんとのことだったの、あれ。それに五右衛門の仕業だっただなんて……」

照代も驚いている。

「学校側には、ばれなかったの」

静子が聞くと、

「あれは、ばれたな。でも、寄ってたかってうまくやったんだろ。そんなもんさ」

「あれだけじゃなく、ぜんぶ、ばれてるよ。学校側は知らんふりしてただけだろ」

「おかげで俺たち、甲子園へ行けたもんな」

あとは、そのときの試合の話に移っていった。それをしおに、静子と照代はその場を離れた。

後味の悪い話だった。みんなにかばってもらって、ぬくぬくとしていた五郎が信じられない。

それをいまごろになって、何も知らなかった静子たちに、ぺらぺらとしゃべる彼らも不愉快だった。

静子と照代の間で、もう五郎の話は出なかった。静子は、何か憑きものが落ちたような気分だった。いま聞いたばかりの、ずるくて卑怯で破廉恥な五郎と、静子の胸の中で生き続けていた五郎は、まったく別の人なのだ。

そうとしか、思えなかった。


やがて、同窓会はお開きになった。あとは適当に二次会へ流れるのが普通だ。

静子も照代に誘われるままに、小さなスナックへ行った。静子は、こういう店にあまり入る機会がない。酒も強くないし、誘ってくれる人もいなかった。「夜を楽しむ」などとは、ほど遠い生活を送っていたのだ。勤務先の忘年会などで短時間つきあうことはあっても、待っている子供たちを口実に、いつも先に帰っていた。

今夜は、五郎の厭なことを聞いたあとなので、華やいだ雰囲気の中に、もうしばらく座っていたかった。静子たちの一行、十五、六人が入ると、その小さな店は満員になってしまった。他に客はいなかったのか、それとも、あまりの賑やかさに退散したのかもしれない。店は貸し切り状態になってしまった。幹事の誰かが懇意にしている店のようだ。

はしゃいだ声が渦巻く。あらためて顔触れを見ると、男女半々だった。照代にとっては親しい人ばかりかもしれないが、同窓会をずっと欠席していた静子には、あまり、居心地はよくない。カラオケが始まった。静子はうんざりしてきた。来なければよかった。しかし、来てすぐに帰るのも白けるだろう。しばらく我慢をすることにした。

最初のうちは、ソファに照代と並んで座っていたのだが、カラオケが始まると、照代はマイクのあるほうへ行ってしまった。静子は、適当に拍手をしたり、向けられたマイクに手を振って断ったりしながら、帰る機会をうかがっていた。

ドアが開いて、ひとりの男が入ってきた。

何げなくそのほうを見た静子は、

（あっ）

と思った。五郎だった。

「遅かったな」

「うん、場所がわからなくて、ちょっと探してた」

そんな会話が耳に入った。遅れてくることになっていたようだ。照代も何も言ってなかったから、たぶん、知らなかったのだろう。歌いながら、横目で五郎を見ている。

五郎は水割りのグラスを受け取ったまま、座る場所を探していた。

「ここ、あいてるわ。どうぞ」

と声をかけたのは、静子と同じソファに座っていた康子だ。たしか、同じクラスだったはずだ。

そのソファには、左端に康子、その隣に照代、そして静子が座っていた。さらに右端にもうひとり、あまりよく知らない女がいた。別のクラスだったのだろう。小さめのソファだから、四人では窮屈だったが、女同士だから体をくっつけて座っていたのだ。

照代が席を立ったあと、ひとり分のスペースがあいていた。康子がすすめたのは、その場所、つまり、自分と静子との間だった。

五郎は近寄ってくると、緊張している静子には目もくれず、

「ありがとう。でも座れるかな」

と言いながら、腰をおろそうとした。

そこに座っていた照代も細いほうではないが、やはり男と女は、体の大きさがちがう。ましてや、五郎は大柄だ。

「ちょっと狭いわね。もう少し詰めてよ」

と康子が静子に言った。席を譲って立ってもよかったのだが、厭味に取られても困ると思って、少し腰を右へ寄せた。

五郎は、

「ごめんね」

と言いながら、ソファの奥まで尻をねじ込んだ。

静子は、頭がかっかとしてきた。五郎が、いま、自分の隣に座っている。それもぴったりと体をくっつけている。夢にまで見ていたシーンだ。それが現実のものになっている。

静子は、さっきの話を思い出していた。

野球部員の不祥事で高校野球出場辞退のニュースは、ときどき、耳にする。言い換えれば、世間ではよくある話なのだ。五郎のころは、現在ほど厳しくなかったのかもしれない。ただ、中尾という女生徒の件は、たまらなく不愉快で、事実としたら許せない。でも、それは生身の高校生の五郎なのだ。

静子の王子さまだった五郎は、やはり、王子さまのままだ。年齢を重ねた穏やかな表情で、静子の隣の狭いところに、座っている。そして、平然と水割りを飲んでいる。

しかし、静子は心穏やかにいられるはずがない。五郎の右足と静子の左足、それもお互いの太ももが密着しているのだ。五郎は、まったく意に介していないようである。

五郎はスーツを着ているが、静子の着ているのは、夏物の薄地だ。ふたりの衣類を通して、五郎の体温が伝わってくる。

静子の神経は、その接触した部分に集中していた。異様に熱い。燃えるようだ。

(わたしの体温も五郎に伝わっているのだろうか)

静子は恥ずかしかった。足を動かそうとしても動かない。金縛りとは、こういう状態をいうのだろうか。

五郎は、康子のほうに顔を向けて、何か話している。静子は、それでよかった。自分と話をしてほしいなどとは、毛頭、思わない。静子の脳裏で、いつも慰め、励まし、暖かいほほ笑みをくれていた五郎が、すぐ横にいる。これは夢ではない。自分はその五郎の体温を体中で感じている。

静子は、夫の義雄以外の男と体を触れ合ったことがなかった。義雄とのその記憶も、すでに消えてしまっている。その自分が長い間、憧れていた男と、間接的とは言え、こうして体を触れ合っている。

静子は、五郎の体の熱さを自分の体に吸い取らせていた。信じられないが、現実のことなのだ。

静子は幸せだった。

ふと、気がついた。

五郎の右の太ももが自分の左の太ももと接触しているということは、五郎の左の太ももは康子の右の太ももと接触しているのだ。

そっと首を伸ばして、康子のほうを見た。

驚いた。

五郎は体をねじるようにして、グラスを持ったままの左手で、康子の肩を抱いていた。それだけではない。静子の側にある五郎の右手は、五郎の体の前を通って、康子の太ももの上にのっていたのだ。しかも、その手は、もぞもぞと康子の太ももの上を動いていた。

唖然とした。康子の表情は見えないが、五郎の手を振り放していないということは、平気で触らせているのだ。

静子は、急に腹が立ってきた。

太ももを触らせている康子に……。

触っている五郎に……。

そして間接的に五郎の体温を感じ取り、それだけで幸せな気分になっている馬鹿な自分に……。

この瞬間、目の前の五郎は、王子さまの五郎でなく、ずるくて卑怯で破廉恥な五郎になった。

やはり、今日の同窓会は来るんじゃなかった。

聞きたくもないことを聞いてしまった。

見たくもないものを見てしまった。

胸の中の王子さまも、消えてしまった。

無性に腹立たしかった。

「わたし、帰るわ」

静子は、五郎を邪険に押しのけて立ち上がった。

四　橋を渡った日

強い日差しに辟易としながら、藤岡夏子はハンカチを持った手を顔にかざして、急ぎ足になった。

今日は高校の同窓会だ。案内状には、ご丁寧に「還暦記念同窓会」と記してあった。

（わざわざ、書かなくってもいいのにねえ）

自分たちの年齢を再確認させられた友人たちは、ぶつぶつ文句を言いながら、お互いに出席を確認し合った。

同窓会は五年ごとに開かれていた。夏子は欠席したときもあるが、ほとんどの回に出席していた。仕事を持たない夏子にとっては、楽しみのひとつなのだ。

しかし、今年の同窓会は、行こうかどうしょうかと、少し迷った。同級生だった平井章一のことが頭から離れない。

（もし、来ていたら、わたしはどんな顔をすればいいのだろう）

面映ゆいから会わないほうがいい。でも会いたい気もする。章一は、前々回は来ていたが、前回は欠席していた。

（今回も欠席かもしれないし……）

自分に都合のいい納得の仕方で、夏子は昨夜、「行くでしょ」と確認の電話をかけてきた友人と出席の約束をしたのだった。

部屋を出るとき、「行ってきます」と、夫の謙介の写真に声をかけた。謙介は、ほほえんだまま見送ってくれた。

謙介が亡くなって六カ月になる。一年前、ガンが見つかり、胃の四分の三を摘出する手術を受けたが、その後、他の臓器に転移再発したのだ。

夏子は、夫にひとつの秘密を持っていた。

夫は気がついていないはずだ。多少の後ろめたさはあるが、夫を裏切ったとか、妻として道を踏み外したなどとは考えていない。自分は、たったのいちどだけだ。それにくらべて謙介は、何回、夏子を裏切ったことだろう。いままでは、決して謙介を許さないという思いがあった。不信感は募るばかりだ。

だが章一とのことがあってから、自分の中で何かが変わった。許す許さないではなく、謙介のことは、すんだことなのだ。また、新たな問題を起こせば、そのときに考えればいいと思えるようになった。

いまさら、離婚だ、なんだかんだと騒ぐ気はない。ふたりの娘は、家庭を持ってすでに落ち着いている。自分たち夫婦は、経済的にも安定している。冷めた夫婦関係のまま、わだかまりを抱えながらも、このまま晩年を迎えるほうが得策というものだ。

夏子が辿り着いた諦めの境地だった。


謙介の新しい浮気が発覚し、そのことがきっかけになって、章一と自分は思いがけないことになってしまった。二年前のことだ。

ただ、そのときの浮気を最後にして、謙介の周辺に女性の影を感じることはなくなった。頑健を誇っていたその体の奥に、そのころに病原菌が巣くったのかも知れない。食欲が衰え始め、しだいに痩せてきたのを案じて、厭がる謙介を、半ば喧嘩腰に、半ば哀願するようにして病院へ連れて行ったのが、一年ほど前だ。

それが、すべての始まりだった。

予想もしなかったガンを宣告されて、即刻、手術になった。謙介の女性問題も章一のことも、どこかへ吹っ飛んでしまった。

謙介との生活では、怒ったり笑ったり、泣いた日もあった。はたまた、心の底から憎んだこともあったが、三十四年間の夫婦の生活は、あっけなくピリオドが打たれてしまった。手術から亡くなるまで、あっという間の半年だった。

そして、葬儀から続いた慌ただしい時間が過ぎて身辺が落ち着いたころ、同窓会の案内状が舞い込んできたという次第だ。

謙介の最初の女性問題が露見したのは、二十年ほど前のことだ。夏子は最初だと思っていたが、たぶん、いままで気がつかなかっただけだろう。

夏子は怒りのあまり、一時は離婚を考えたが、謙介の謝罪や実家の両親のとりなしもあって、結局、うやむやになってしまった。子供のために我慢をして、表面上は安穏な生活を取ったということだ。

しばらくは神妙にしていた謙介だったが、そのうちにまた、夏子は疑いを持つようになった。だが確証はない。前回で懲りて、巧妙になったのだろう。

（いちおう、学習能力はあるじゃないの）

腹立たしく思っているうちに、気配は消えてしまう。つまり、長続きはしないようだ。文字通りの軽い浮気らしい。しかし、だからと言って許されるものではない。

そして、二年前に、新たに部下の女性社員との関係が発覚した。札幌へ二泊の出張をしたとき、連れて行ったのだ。

謙介が帰宅した夜、いつものとおり、旅行鞄から汚れた下着や靴下の入った袋を取り出していると、その下から、リボンをかけて包装された紙箱が出てきた。

「あら、この箱、何ですか」

夏子の問いに、謙介は新聞を広げながら振り向きもせず、

「ああ、お土産」

はじめてのことだ。

(珍しいのね)

思わずこぼれそうになった憎まれ口を飲み込みながら、夏子はその箱を開けた。

明るいピンクのポシェットだった。

「きれいな色だけど、このピンクは、わたしにはちょっとかわいらし過ぎるわ」

「えっ」

ギョッとしたように謙介が振り向いた。

「それじゃない。もひとつあるだろう」

慌てて駆け寄ると、そのポシェットを引ったくった。旅行鞄の中にもうひとつ、リボンのかか

った小さな箱があった。

「これね」

謙介は、ちらと視線を当てると、

「うん」

開けてみると、淡いブルーの財布らしきものが入っていた。

「ありがとう」

と言ったきり、ピンクのポシェットには故意に触れない夏子に、謙介は早口で言った。

「留守中、やっかいな仕事を押し付けた若い女子社員へのお土産だ」

「あら、そうですか。どうしましょう。開けてしまって悪いことをしたわ」

「いや、いい、かまわない」

謙介は、そそくさとポシェットを自分の部屋へ持っていった。疑念が一気に膨らむ。その後ろ姿を見ながら、特別な女性への土産だと察した。

（また、始まったのか）

夏子はため息をついた。しばらくおとなしくしていたのに……。謙介は、六十一歳だ。いつまで続くのだろう。もういい加減にしてほしい。

そのすぐあと、トイレに行こうとした夏子が謙介の部屋の前を通ったとき、携帯の話し声が聞こえてしまった。

「大丈夫、忘れてきたんじゃない。まちがってこっちの鞄に入ってた。明日、会社へ持っていくよ。だから……」

何げないふりをしてドアを開けると、謙介は即座に携帯を切って、そそくさと出ていった。

夏子には、すべてが見えた。

あのピンクのポシェットはお土産ではなく、連れて行った女性社員に買ってやったものなのだ。帰宅した女性は、自分の荷物の中にポシェットがないのに気づいて、ホテルにでも置き忘れたのかと思って、おろおろしていたのかもしれない。

謙介からの電話で、彼女は安心しただろう。だが謙介のほうは、困った事態になった。ポシェットを見られたときは、あれで夏子をごまかせたと思ったのに、そのあとの電話を聞かれてしまった。内心、慌てているのか、それとも開き直って苦笑しているのか、どちらだろう。

夏子は糾弾するつもりはないが、謙介の弁解を聞いてみたい気もする。いままでは、周到に浮気の痕跡を隠していたのに、年齢のせいか、間抜けなことだ。

もっと間抜けなことがあった。

その夜は、そのまま何事もなく過ぎたのだが、翌日、謙介の部屋の掃除をしようとしたとき、くず入れに丸めた紙くずを見つけた。ティッシュペーパーではない。いつもだったら見過ごすところなのだが、その日は紙くずのほうから目に飛び込んできてくれた。

拾い上げて一枚ずつ広げてみた。レシートばかりだ。レストランや、寿司屋、喫茶店らしきもの、すべて、ふたり分と思われる内容だ。ホテルの領収書もあった。ツインだった。

さらに、カタカナの店名がプリントされたレシートがあった。「フジンヨウバッグ」と「フジンヨウコモノ」と記されてあった。洋品店だろう。「フジンヨウバッグ」の価格は、「フジンヨウコモノ」の五倍ほどだった。

夏子はそれらのレシートのしわを伸ばして、謙介の机の上に、きちんと並べた。我ながら厭な行為だ。そして、こんな厭な行為を妻に取らせる夫を憎んだ。

その夜、謙介は十時ごろ帰ってきた。

「食事はいらない」

言い捨てて自分の部屋に入ろうとする後ろ姿に、いらだった心を押さえて夏子は言った。

「あのポシェット、渡してあげたの？」

「え？　ああ、喜んでた」

「気に入ったのかしら」

「そうみたいだな」

ドアの向こうに消えようとする背中に、思わず刺のある言葉を浴びせてしまった。

「そりゃ、気に入るはずでしょう。その人が自分で好きなのを選んだのだから」

背中が止まった。

「その人と一緒に、札幌へ行ったんでしょう？　若い女性社員とそんなことして、ばれたら問題になるんじゃないの、出張なのに……」

夏子は、はっとした。

「あ、札幌へは出張じゃなかったのね。遊びに行ったのね」

「ばか、出張だ」

音を立ててドアを閉めると、それっきり、出てこなかった。机の上に並べられたレシートを見て、立ち尽くしている姿が見えるようだった。

翌朝、謙介は、夏子と視線を合わせることもなく、また、ひとことも言葉を交わさずに会社に出かけた。

そのあと、どうにも気持ちの治まらない夏子は、あてもなく家を出た。家出などという大袈裟なつもりはない。せめて、今日一日、家から離れていたかっただけなのだ。

しかし、夏子はこんなとき、自分には行くところがないのに気がついた。上の娘は、夫の転勤に伴って海外に行っている。下の娘は千葉に住んでいて、神戸からはほど遠い。

もっとも、近くに住んでいたとしても、娘たちには、父親の情けない行動を伝えたくなかった。

また、取り乱した自分の姿を知られたくもない。娘にとって、母親はあくまでも母親であって女ではない。自分の中の女を見られるのは厭だった。

実家の両親はすでに亡く、兄に愚痴ることは義姉の手前もあり、はばかられた。こういうときは女きょうだいがいいのだが、妹は年老いた義母の看病に明け暮れている。それどころではないだろう。

さりとて、友人に訴えて、好奇心をちらつかせた詮索を受けるのは真っ平だった。こういうとき、女は、さも同情しているような顔をして、無責任なことを言うだけなのだ。そして、ひそかに楽しんでいる。

結局、三宮や元町のデパートや商店街を歩き回った。買い物をする気にもならない。いらいらしながら、ただ、歩くだけだった。

昨夜、もっと問い詰めるべきだったかもしれない。さまざまな思いが渦を巻く。不安がじわりと押し寄せてくる。きっと、険しい表情をしていたにちがいない。

いままでは、相手の女性の具体的な姿は見えなかった。だが今回は、十中八九、会社の若い女性社員だ。以前からそういう関係だったのだろうか。会社に知れたら、ただではすまないだろう。定年間近になって、どうしてそんな愚かなことを……。

また、相手の女性も女性だ。自分の父親のような年齢の謙介なんかと……。金が目的だろうか。

ある程度の小遣いはくれるだろうが、まとまった金なんかは期待できないことを知らないのだろうか。

歩き疲れて時計を見ると、午後二時を過ぎていた。急に空腹を感じた。食欲と感情とは無関係らしい。

夏子は蕎麦が好きだった。ビルの地下にある出石蕎麦専門の店に入った。よく来る店だ。昼どきを過ぎたせいか、空いていた。

この店の看板メニューである「出石《いずし》蕎麦」を頼んだ。兵庫県の中央部にある城下町出石地方の特産品だ。黒っぽい蕎麦が、五枚の小皿に盛られている。生卵や、とろろがセットになってついてくる。蕎麦は、欲しければ何枚でも追加できるが、夏子は五枚で充分だ。

運ばれてきた蕎麦を食べ始めたとき、少し離れたところで、さきほどから蕎麦を食べているひとりの男が、しきりにこっちを見ているのに気がついた。スーツにネクタイ姿の知らない男だ。ひとりで蕎麦を食べている女が、そんなに珍しいのだろうか。不快だ。無視する。

やがて、食べ終わった男が立ち上がった。夏子の横を通るとき、ふたたび、視線を当てたのがわかった。顔を背けるようにしてやり過ごした。

この店の出入り口は、ビルの中を通らずに、直接、地上へ通じている。石垣を模した壁と鉄平石を敷き詰めた小さな石段があった。

しばらくして食べ終わった夏子が外へ出ると、さっきの男がその壁にもたれていた。ぎくりとして立ち止まった夏子に、

「失礼だけど、遠藤さんじゃありませんか」

夏子の旧姓が、男の口から出た。

「……はい」

「やっぱり、そうだ。僕、高校で一緒だった平井です」

「平井さん？　平井さんって、あのラグビー部だった平井さん？」

「あ、覚えててくれたんだ」

うれしそうな男の笑顔が広がった。

「さっき、蕎麦を食べながら、ひょっとしたら……と思ったんだけど、声をかけそびれたんだ。でも、やっぱり気になって……」

それが平井章一との再会だった。

章一は、高校時代、ラグビー部のヒーローだった。夏子は、当時、淡い恋心を持っていたのだが、恐らく、女子生徒の大半がそうだっただろう。だが、卒業して顔を見なくなると、そんな思いもどこかへ消えてしまい、章一のことなど、すっかり忘れてしまった。その程度のものだったのだ。

前回の同窓会は、夏子は親戚の法事と重なって欠席をした。前々回の同窓会では、あるいは章一と顔を合わせていたかもしれない。だから、章一に会ったのは十年ぶりということになる。しかし、夏子は、名乗られるまで章一に気がつかなかった。

その日、章一が、どういうつもりで夏子が出て来るのを待っていたのかわからないが、夏子は、自分を待っていてくれた人間がいたということがうれしかった。ひとりでさまよっていたので、どこか人恋しい気持ちになっていたのだろう。だから、

「食後のコーヒーでも付き合えよ」

と章一が言ったとき、ためらわずにうなずいたのだった。

章一は、背が高く肩幅も広い。その大きな背中を見ながら、

(夫以外の男性とふたりだけでお茶……。はじめての経験だ。いったい、どうなったんだろう)

ひとりごとみたいな気分で、ついて行った。手近にあったティールームに入った。

「遠藤さん……じゃなかった、いまは何ていうの」

「藤岡です」

「時間はあるの」

「ええ、わたしは暇よ。平井さんは？　お仕事の途中じゃないの」

「お仕事なんて、あるような、ないような」

章一は、自嘲気味に笑った。

考えてみると、章一も、夏子と同じ五十八歳、もうリタイアしていても不思議ではない年齢だ。悪いことを聞いたのかもしれない。改めて見ると、頬がそげて、よく言えば精悍な感じ、悪く言えば、少し暗い険しさがただよっていた。

しばらく当たり障りのない会話が続いたが、そのうちに途切れてしまった。話の継ぎ穂がなくなって腰をあげる潮時かと思ったが、こうしているのが心地よかった。まだ、帰りたくなかった。だから、

「引き留めちゃったな。ご主人が家で待ってるんじゃないの」

章一の軽い言葉に、

「待ってなんかいないわ。わたしを待っている人なんかいないわ」

思わず、強い口調になっていた。章一は戸惑ったように、

「どうしたの、遠藤さん……じゃなかった。ええと、何だっけ」

「何でもいいわ。遠藤に戻りたい気分よ」

ふいに、涙が溢れてきた。

(いけない、みっともない)

と思うのだが、涙は止まらない。章一は、

「穏やかじゃないな」

周囲をそっと見回し、ハンカチを目に当てた夏子に小声で、

「とにかく、出よう」

外に出ると、

「車を持ってくるから、ここで待ってろ」

と言い残して、姿を消した。

ぼんやりと言われたとおりに待っていると、目の前に車が止まった。

「事務所が近くなんだ。もう戻らなくてもいいから、家まで送ってやるよ。どこ?」

「家なんか帰りたくないわ。今日は帰らない。明日も帰らない。あさってても帰らない」

「どうしたの、いったい。夫婦喧嘩か。愚痴なら聞いてやるよ。ぶちまけたら、すっきりするもんだ」

「……」

「とにかく、どこかへ走ろうか」

章一は、車を走らせた。どこへ向かっているのかわからない。夏子は思いもよらない成り行きを、深く考えることができなかった。

夫以外の男性とふたりきりで、お茶を飲み、ドライブをしている。世間では珍しくもないだろ

うが、夏子にとっては、はじめての経験だった。

ティールームで男と向かい合っていた女が、とつぜん泣き出した。周囲の人間は見て見ないふりをしながらも、好奇心を押さえられなくて、ちらちらと見ていたはずだ。さぞ、章一は困惑したことだろう。夏子は、章一に迷惑をかけたことに気がついていなかった。

「原因は、ご亭主の浮気か」

「どうして、わかるの」

章一は、鼻で笑った。

「夫婦喧嘩の原因って言ったら、それに決まってるだろ」

後になって思い返してみても、特に親しくもない章一に、それも久しぶりに会ったかつての同級生に過ぎない章一に、どうして家庭内のことを話してしまったのだろう。

憑かれたようにしゃべっているうちに、夫の謙介は、横暴で無節操な無類の極悪人になっていた。

ふと、我に返り、

「ここ、どこ?」

「もうすぐ、舞子だ。ほら、明石大橋が見えるだろう」

フロントガラスから、橋の一部が見える。

「あの橋ができて、もう何年になるかしら。でも、まだ、あの橋をいちども渡ったことがない。おかしいでしょ」

「じゃ、渡ろうか」

橋からの眺めはすばらしいと、よく紹介されている。しかし、夏子は景色など、目に入っていない。一転して黙り込んでいる様子を、章一はちらりと見て、

「あれだけ亭主の悪口を言ったら、気がすんだか。もう許してやる?」

「……」

「まだか。じゃ、亭主にとどめを刺そうか」

夏子は、「とどめ」の意味がわからなかった。まさか、「殺せ」ではないだろう。「家に帰ったら、ぶん殴れ」という意味だろうかなどと思いながら、車のシートに体を預けていた。

橋を渡って、車は淡路島に入った。

章一は何も言わずに、小さなホテルに車をつけた。一瞬ためらったが、いまは章一にすがりたくて、夏子も無言でその後ろからエレベーターに乗ってしまった。

「とどめ」の意味がわかったのは、ホテルの一室で章一と向かい合ってからだった。

(そうだ、わたしも謙介と同じことをすれば、少しは溜飲が下がるというものだ)

これから何が起こるのか、予想はついた。

小娘でもあるまいし、いまさら逃げて帰ろうとは思わない。ただ、このようなとき、どうふるまえばいいのか、わからなかった。けばけばしいラブホテルではなく、高級ではないが普通のシティホテルであることが救いだった。章一の配慮だろう。

夏子は、息苦しさから逃れるように、窓際に立った。夕暮れから夜に変わりつつある空が美しかった。すると、章一が近寄ってきて背後からそっと抱き締めた。夏子の体は、大きな章一の腕の中に、すっぽりと包み込まれてしまった。

夫の謙介は、こういう姿勢で抱いてくれたことはなかった。章一の胸に頭をもたれさせながら、外国映画によくあるシーンだと思った。現実の自分の姿だとは、思えなかった。

夏子は目を閉じていた。そして、夫以外の男の感触に、緊張しながらも不思議なやすらぎを感じていた。罪悪感はなかった。

しばらくして、章一がその腕をほどきそうになったとき、夏子は思わず、

「あ」

と、その腕を押さえた。

「こうしてるのが、いいの？」

章一は耳元でささやいて、夏子に頬擦りをすると、いっそう、腕に力を込めた。そのやさしさに、夏子は泣きそうになった。このまま、時間が止まればいいのに……。もしも章一が、ふたり

でどこか遠くへ行こうと言ったら、自分は瞬時もためらわずについていっただろう。

しばらくして、章一は夏子を抱き締めたまま、窓から離れた……。

こうして、思いがけない成り行きで、夏子は章一とひとときを過ごしてしまった。

茫然自失の状態から落ち着きを取り戻したあと、夏子は章一と目を合わせることができなかった。

年甲斐もないという羞恥。

どうしたらいいのだろうという狼狽。

取り返しがつかないという後悔。

動揺している夏子に、章一は言った。

「こんなこと、はじめてなんだろ」

夏子は、顔をそむけて無言でうなずいた。

「亭主への仕返しは、これですんだだろ。あんたみたいな普通の奥さんは、こんな馬鹿なことをするもんじゃない。俺のほうも、これ以上、仕返しの片棒をかつぐのはごめんだ」

「片棒だなんて、そんな……」

「俺はいろいろあってね、叩けばほこりが山ほど出る体だよ。普通の奥さんをしてるあんたなんかと付き合える男じゃない」

「……」

「腹が立つだろうが、亭主のことは堪忍してやって、まあ、夫婦仲良く暮らしてくれよ。お互いに、さっきのことは忘れよう。また今度ってのは、なしだよ」

「平井さん……」

「さあ、帰ろう。いまから帰れば、遅くなっただけですむけど、ひと晩、家を明けると、話がややこしくなるよ」

つかまった手を振りほどかれたような気がした。その反面、ほっとしたのも事実だ。

夏子自身、はっきりと離婚したいなどとは考えていなかった。無責任な言い訳だが、文字通り、成り行きでこんな事態に陥っただけなのだ。章一は大人だった。と言うより、夏子が世間知らずの子供なのかもしれない。

また明石大橋を渡り、JR舞子駅で別れた。

「ありがとう」

「お礼を言うのはこっちだよ。高校のころ、あんたのこと好きだったのに、俺には目もくれなかったな。この年齢《とし》になって思いがかなうとは、夢にも思わなかった」

「何を馬鹿なこと、言ってるの」

笑いを含んだ章一の言葉に、夏子は顔の赤らむ思いだった。

（高校のころ、あんたのこと好きだった）

そんな言葉を信じるほど、子供ではない。

しかし、何という心地よい言葉だろう。そして、冗談に紛らわせて夏子の気持ちを和らげてくれた章一のやさしさが身に染みた。

「じゃ、元気でな」

章一の車は、夜の街に消えていった。どこに住んでいるのか、連絡先も、お互いに聞かずじまいだった。

家に帰り着いたときは、もう十一時を過ぎていた。謙介は、まだ帰っていなかった。拍子抜けした感の夏子だったが、また繰り返されたかもしれない諍いが避けられて、ほっとした。

もう、何もかも、どうでもよかった。章一の言葉どおり、堪忍してあげようか。でも仲良くはできないと思いながら、波乱の一日を終えた。


同窓会の会場に、章一の姿はなかった。

それどころか、思いがけない事実を聞かされた。

章一は亡くなっていた。元ラグビー部員たちからの情報だ。深酒とギャンブルに明け暮れ、体を壊していたそうだ。以前に家庭を持ったこともあったが、最近はひとり暮らしだった。ヤミ金融に関わり、暴力団とも接点があった。警察からもマークされていたらしい。そして、昨年の大晦日、大量の血を吐いて、凍てついた路上で冷たくなっていた。

ひとりだけ、付き合いの続いていた元ラグビー部の友人のところに、章一の別れた妻から連絡があったそうだ。

「図体はでかいのに、変に気が弱くてやさしいところがあったから、誘われて、ずるずると悪いほうに行ったんだろうな」

「俺、元町でばったり出会ったことがある。金を貸してくれと言われて、そのとき持っていた三万ほどを貸した」

「いつのことだよ、それ」

「もう十年ぐらい前かな。もちろん、それっきりだ。他にも、金を貸した奴が何人もいるらしい」

「あ、俺も頼まれたことがある。いつだったかな、とつぜん家へきた。でも、悪いけど断ったよ。そのころ、仕事がうまくいかなくて、ほんとに金がなかったんだ。こっちが借りたいくらいだった」

「困った奴だったけど、そんな死に様は哀れだな」

（あの章一が亡くなった……）

信じられなかったが、事実なのだ。

彼らの話を聞くともなしに聞いているうちに、夏子は涙が出そうになった。

（かわいそうに……）

慌てて洗面所へ駆け込むと、漏れそうになる嗚咽を噛みしめた。

あの日の章一を思い出す。迷惑をかけられた友人たちは多いようだが、夏子にはやさしかった。ホテル代は章一が支払った。その他に金銭の授受は、いっさい、なかった。

どういうつもりで、夏子をホテルに連れて行ったのだろう。若くも美しくもない贅肉のついた六十歳を目前にした女なのだ。夫に浮気をされ、鬱憤のはけ口のない女を哀れんだのだろうか。

「高校のころからの思いがかなった」などと笑っていたが、夏子に、その言葉を本気にするほどの自惚れはない。

「お互いに、さっきのことは忘れよう。また今度ってのは、なしだよ」

章一にしてみれば、これから先、夏子に付きまとわれたら困るのも事実だが、自分が夏子にとってマイナスにしかならない男であることを教えたのだ。

夏子は、そこに章一のやさしさを見た。

同窓会から帰宅すると、すぐアルバムを開いた。同窓会では、かならず、記念写真を撮っていた。章一は、前回は欠席だったが、前々回は出席していた。そのときの記念写真が見たかったのだ。

　五十人ほどの集合写真の中から、章一はなかなか見つからなかった。ようやく、見つけたその顔は、にこやかにほほえんでいた。悪い噂は何かのまちがいだと思われるような、暖かくやさしい笑顔だった。

（わたしにとっては、平井さん、あなたはいい人だった。あのとき、夫と別れていたら、わたしは夫の最後を看取ることもできずに、きっと後悔したと思うわ。あなたのおかげで、わたしは平穏な心で晩年が過ごせそうよ）

　ふと目をあげると、写真立ての中の謙介と目が合った。

　いままでに二度も、いや、おそらくは何度も夏子を裏切り、発覚すると、とぼけたり居直ったりした。病気になるとわがままの言いたい放題で、夏子に当たり散らして、てこずらせた。しかし、病気が不安で、夏子に頼り切っているのが、よくわかっていた。

　謙介は、（そんな身勝手な男は、どこの誰だ）というような顔をして、穏やかにほほえんでいる。

（わたしね、あなたには言えない秘密がひとつだけあるの。だから、もう、あなたのことは許してあげる）

　許すも許さないも、謙介はもうこの世にいないのだが、夏子は自分にまつわりついていた怒りも悲しみも、過去のこととして忘れようと思った。章一とのことも現実のことだったのか、それとも何かの錯覚だったのかというような気もする。

あの世とやらがあるのなら、謙介と章一は、どこかですれちがったりしているかもしれない。だが、お互いに顔を知らないのだから、どうってことはない。夏子はそんなことを思うと、おかしくなった。

そして、夫の写真の前で、秘密の関わりを持った章一の写真を見ている自分のしたたかさを思った。

二枚の写真を見くらべていると、どことなく顔立ちが似ているような気がした。

五　あじさい

六月の午後、強い日差しの中で、あじさいが色褪せて見える。

庭というほどの代物でもない小さな地面の片隅で、ひと株のあじさいが七分咲きになっていた。淡い水色の球形の花だ。品種は忘れた。十年ほど前に、植木市で苗木を買ってきたものだ。ずいぶん大きくなった。

岸田由里子は、そのあじさいに、ぼんやりと視線を当てていた。

今日は、高校の同窓会だった。案内状には「還暦記念」などと仰々しく書き添えられていた。苦笑するしかない。

夫の繁夫には、一週間前に言っていた。

「こんどの土曜日、同窓会に行きたいの」

「うん」

「そのあと、久しぶりにみんなとゆっくり話をしたいから、たぶん、遅くなるわ」

「わかった」

炊飯器にタイマー予約をし、ビールとおかずを冷蔵庫に用意しておけば、ひとりで食事をしてくれる。ただ、食器の後始末はしてくれないが、それぐらいは仕方がない。

帰りが遅くなることを、繁夫が気に止めていない様子なのでほっとした。由里子の行動に関心を持たないのは、いつものことだ。

同窓会などに行くつもりはなかった。それを口実に、かつての同級生、山村伸彦と共通の時間を過ごすつもりだったのだ。

遅くなっても帰るような言い方をしたが、そのときのなりゆきで、帰れなくなってもいい。

何かが起こるかもしれない。

起こってもいい。

あとのことは、それから考えよう。

でも、いまとなっては、自分がほんとうにそんな大胆なことを考えていたのだろうかと、わからなくなっている。

由里子は、あじさいが好きだった。昨今では、改良された品種も増えて、花屋の店先で珍しいあじさいの鉢を見かける。しかし、由里子が好きなのは、路地裏や庭の片隅などでひっそりと咲いている昔ながらの地植えのあじさいだ。それも、水色か青の球形がいい。

特に、雨に濡れているあじさいが好きだ。梅雨特有のしとしとと降る雨に打たれている姿は、黙って何かに耐えている女のようで、いじらしく、健気にさえ感じられる。

だが、そのあじさいの花が、強情でかわいげがなく、ふてくされているように見えるときがある。そんなときは、自分の気持ちがいらいらしていたり、繁夫のことで腹立たしい思いをしているときだ。

（わたしは、あじさいに似ているのかもしれない）

由里子は苦笑する。

繁夫は、もともと、頑固なところがあった。

中堅の製薬会社に事務職で勤めているのだが、上司や同僚とよく衝突するようだ。六十歳で定年になったが、嘱託という形で五年延長を認めてもらった。そのかわり、給料は大幅に減った。由里子にとっては、給料がゼロでもいいから、毎日、出かけてくれるほうがありがたい。

あと二年でその延長期間も終わるのだが、それから先を考えると憂鬱になる。何事にも受け身で、自分から何かをしようとする積極性がない。ただでさえ無趣味な繁夫は、何をしてそれからの日々を過ごすつもりだろう。

最近、頑固の上に、わがままになった。

由里子が繁夫の意見に異を唱えようものなら、目を三角にして怒る。そんな繁夫を見ていると、疎ましくさえ思った。煩わしいので、譲れるときは繁夫の言うとおりにしておく。

そんな場面を見た人に、

「ご主人に従順なのねえ」

と揶揄されたことがある。由里子にしてみれば、従順でも寛容なのでもない。いい加減にあしらっているつもりなのだ。腹立たしさを押さえる我慢と諦めが身についてしまった。そのほうが、由里子にとっても、あとあと厭な思いをしないですむからだった。

もっとも、翌日になると、由里子本人が何を怒っていたのか忘れてしまうのだから、世話はない。

子供たちも巣立ち、ふたりだけになった毎日は、夫婦の会話も目に見えて少なくなった。思うことを口にせず胸の中に溜め込んで、気分が落ち込んだり、不機嫌になったりするのは、自分の悪い癖だと思っている。六十歳の誕生日を目前にして、その癖はひどくなったようだ。繁夫からみれば、そんな由里子こそ頑固なのだろうと、ふとおかしくなる。

由里子は、最近、自分が変わってきていることに気がついていた。繁夫にやさしくなっている。やはり、伸彦とのことが引け目になっているのだ。しかし、気持ちが傾いているだけで、伸彦との間には何ごともない。ときどき、食事をしたり、映画を見に行ったりするが、いつも昼間のことだ。いちど、京都まで桜を見に行ったが、そのときでさえ、夕食の支度に間に合うように帰宅した。

お互いに六十歳という年齢では、気恥ずかしくて、手をつないで歩くこともできない。小学生でさえ夜遊びをする時代に、自分たちは、いったい、何をやってるんだろうとおかしくなる。

元市立小学校長という肩書を持つ伸彦には、つぎの一歩を踏み出す勇気がないのかもしれない。由里子のほうは、異性のともだちというものは、こういうものなのかと満足していた。しかし、由里子の心のうちに燻っていた夫への小さな不満が、少しずつ、大きくなってきているのもたしかだ。伸彦と数時間を過ごし、満ち足りた気持ちで帰宅したあとは、ことさら、それを思った。

伸彦の話題の豊富さとくらべて、繁夫はプロ野球以外に興味はない。文学、美術、音楽、演劇、すべて繁夫には無縁の世界だった。

妻に対する心配りも皆無だ。由里子が美容室で髪形を変えてきても、気がついたためしがない。自分が健康なせいか、由里子が具合が悪くて臥せっていたりすると、不機嫌極まりない。由里子の誕生日など、いつも忘れている。結婚以来、プレゼントと名のつくものを贈られた記憶がない。夫婦連れ立って外で食事をするのも好きではない。

厭味を言ったこともあったが、反応がないことに馬鹿らしくなって、期待しないことにした。

ただ、繁夫のいいところは、給料をごまかしたりしないことだ。昔は、給料袋の封も切らずに渡してくれた。銀行振り込みになってからは、かならず明細書を渡してくれた。

由里子は、それが普通だと思っていた。しかし、子供たちがまだ小学校のころ、ＰＴＡの会合のあとなどに雑談をしていて、世の中の夫というものは、給料をごまかすものだということを知った。

「えっ、岸田さんのご主人って、お給料の封を切らずに渡してくださるの？」

「いいわねえ。いちどでいいから、そんな経験をしてみたいわ」

「うちなんか、今年度から自動振り込みになったのよ。頭を抱えてるわ。いい気味よ」

おおげさな羨望の声を浴びせられて、由里子は（そんなものなのか）と驚いた。

さらに、繁夫には女性関係の気配がない。

いつだったか、夫のギャンブルが原因で離婚を考えている友人、さらに、度重なる夫の浮気に夫婦喧嘩の絶えない別の友人に愚痴られたことがある。

「きちんと生活費を入れてくれさえすれば、浮気なんていくらしてもいいわ」

と、夫のギャンブルに泣かされ、生活に苦しい友人は言う。いっぽう、夫の浮気に悩まされている友人は、

「いくら貧乏でもいい。浮気だけは許せない」

と息巻いた。由里子は、

（うちの夫は、お給料はきちんと入れてくれるし、女性問題も起こさないまじめな夫よ。でもデリカシーがなくって、つまらない男よ）

と言いたかったが、

（何を言ってるの。罰が当たるわよ）

みんなに非難されるのが関の山だから、もちろん、言わなかった。

繁夫は、妻が秘密を持っているなど、毛頭、疑ってもいないだろう。すまないとは思うが、伸彦に傾斜していく気持ちを押さえることはできなかった。

（ともだち付き合いなんだから……。やましいことは、何もしていないんだから……）

由里子は自分自身に弁解をしながら、二カ月か三カ月にいちどの伸彦とのひそかな出会いを続けていた。

伸彦とは、五年前の同窓会で再会した。高校卒業以来、由里子には、伸彦の顔を見たかどうかの記憶はなかった。

同窓会は、五年毎に開かれていた。

仕事を持っている人間にとって、年度替わりの時期は忙しいものだ。それを避けたのか、ゴールデンウィークが過ぎたころから夏休みに入るまでの間に、開かれることが多い。

由里子は、いままでの同窓会に、それほど積極的ではなかった。予定が重なって欠席したこともあるし、なんとなく行かなかったこともあった。前回は、いまでも付き合いのある博子に誘われたから行っただけのことだ。

そして、伸彦に会った。

由里子にとっての伸彦は、かつての同級生のひとりにすぎなかった。女子生徒にさわがれる男子生徒もいれば、傲慢で厭味な男子生徒もいる。そんな中で、おとなしくて成績も中程度の伸彦は目立たない存在だった。見るからにやさしそうで、どちらかと言えば、好もしい感じの部類に入る男子生徒のひとりだった。だが、由里子にはそれ以上の関心もなく、卒業後は出会うこともなかった。正直に言うと、その存在すら忘れていたくらいだ。

だから、五年前の同窓会のときに、伸彦に声をかけられたのは意外だった。

同窓会の食事は、いつもバイキング形式だ。料理が並んだテーブルの前で、由里子が好物のスモークサーモンを小皿に取ろうとしているときのことだった。

「堀口さん」

旧姓を呼ばれて振り返ると、伸彦が立っていた。

（ええっと、この人は誰だったかしら）

ちらと胸の名札を見て、

(ああ、そうだ、山村さんだった)

と、思い出した。

「あら、お久しぶり。お元気そうで」

「堀口さんも、いや、ぐっちゃんと呼んでもいいかな。変わらないね、ちっとも。すぐ、わかった」

仲彦に「ぐっちゃん」と呼ばれて、由里子は、少々、面食らった。あのころの由里子は、親しいともだちの間では、姓をもじって「ぐっちゃん」と呼ばれていた。だが、男子生徒にそう呼ばれた記憶はない。同じ教室で机を並べていても、男子生徒と女子生徒は、あまり親しくなれないような雰囲気が残っている時代だった。

しばらく、あたりさわりのない会話を交わした。仲彦は話をしながらも、由里子のために、大皿からスモークサーモンを取り分けてくれた。付け合わせのオニオンスライスも、トングを器用に操って添えてくれた。

高校時代、無口で決して自分から女子生徒に話しかけたりなどしなかった仲彦が、如才なくふるまうのがおかしかった。もっとも、何十年も社会の波に揉まれてきたはずだから、変わるのも当たり前のことだろう。

その日は、それで終わった。

同窓会のあと何日かして、幹事をしていた博子の家で、記念写真発送の手伝いをした。住所氏名が書かれた白い角封筒に、写真と簡単な文面の手紙を入れて発送するのが、博子に割り当てられた仕事だった。

「この宛て名、誰が書いたの」

「一組の竹岡さん。こういうことは、字の上手な人の役目よ」

「ふーん、ほんと、きれいな字ね」

当日の出席者は九十人ほどだったらしいが、九十通の宛て名書きは、大変だっただろう。それにくらべると、博子の仕事は手伝いなどいらないはずだが、由里子と当日の噂話でもしたかったのにちがいない。

「この手紙は、誰が作ったの」

「ああ、それ? 誰だったかな、パソコンを使える人がちょこちょこと……。無能なわたしは、いちばん楽なこの仕事を引き受けたの」

笑いながら作業を続けているうちに、伸彦宛の封筒が出てきた。

あの日の伸彦を思い出しながら、ふと思いついて、印刷された手紙の末尾にひとこと、メッセージを添えた。

「お会いできて、うれしかった……。五年後に、また、お会いできるのを楽しみにしております。ぐっちゃんより」

深い意味はなかった。ちょっとだけ親切にしてもらったのが、うれしかっただけだ。でも、博子が、

「お茶でも入れてくるわ」

と、席をはずした間に急いで書いたということは、少し面映ゆい気持ちがあったからなのもたしかだ。

この些細な行為が、それからの由里子にとって大きいものになってしまった。

一週間ほどして、伸彦から手紙が来た。写真の礼に添えて、

「こちらにも、ぼくが写したあなたのスナップ写真があります。直接会ってお渡ししたいのですが、ご都合を連絡してください」

思いがけない言葉と、携帯電話の番号が記されていた。

いつ、どんな写真を写していたのか知らないが、写真をくれるだけなら、この手紙に同封すればすむことだ。それをわざわざ「会って渡したい」などとは、安っぽい口説き文句に思える。由里子には、いまだかつてこんな経験はなかった。

（わたしなんかに、どうして……）

いぶかしさと、誘いに乗ってみたいという小さないたずら心が交錯した。

(昼間に、きちんとした場所なら問題はない)

自分を納得させ、白昼の喫茶店で会った。


仲彦は大学卒業以来、ずっと小学校教師を勤め、昨年、校長を定年退職した。仲彦自身は、中学校のとき、病気で一年間、休学をしたそうだ。由里子とは同級生だが、実年齢はひとつ上になる。だから、昨年、すでに定年を迎えていた。その後は、同じような立場の人たちと、小学生対象の小さな学習塾を開いているそうだ。

「校長先生だったの。すごいわねえ」

「何がすごいんだ」

仲彦は、苦笑した。

「気苦労ばっかりだよ。いまはのんびりしてる。ぐっちゃんはどうしてるの」

「平凡なおばさんよ。変わりばえのしない毎日を過ごしているわ」

「ご主人は、まだ現役?」

「定年のあと、第二の勤めに行ってくれてる」

「幸せなんだな」

どうだろう、幸せなんだろうか。

たいした蓄えもないが、その日の生活に困ることもない。夫婦ともに、これと言った病気もない。だから、夫との生活が何か物足りなくつまらないと言えば、贅沢だと非難されるのは当然だ。

それにしても、伸彦と過ごしたひとときは楽しかった。この楽しさは、いったい、どこから来るのだろう。伸彦が立ち上がったとき、名残惜しい気持ちが、胸の底から湧き上がってきた。伸彦は別れ際に、

「会えてうれしかった。また、会いたいな」

少年のような笑顔だった。

そして、冗談に紛らわせたように、

「じつは、昔からずっと好きだった」

由里子は驚いた。どきどきした。何か言って、この場をつくろわなければならない。

「あら、光栄だわ。でもどうして、もっと若いときに言ってくれなかったの。そしたら、わたしの人生も変わっていたのに」

言ってから、はしたない言葉だったと恥ずかしくなった。伸彦は笑顔を消すと、

「いまから人生を変えるのは大変だけど、ちょっとした冒険ならできるよ」

「……」

「今日のような冒険だよ。お互いに家族に内緒で、ときどきこうしてお茶を飲むだけ。ときには食事をするだけ」

(からかわれている)

と思ったが、由里子は年甲斐もなく心が騒いだ。男性にそんなことを言われたのは、六十歳にもなって、はじめての経験だった。

繁夫とは見合い結婚だ。無口で愛想はないが、誠実そうな印象だった。両親は、勤め先が堅実な会社であることを重視した。由里子は可もなく不可もなく……と思ったが、いい縁談だと薦められ、繁夫側に望まれるままに結婚する気になった。由里子の三歳下の妹が、先にさっさと恋愛結婚をしてしまっていることも一因だった。

見合いから半年ほど付き合ったのだが、ことさら、愛の告白などはなかった。男とは、夫とは、夫婦とは、こういうものだと思っているうちに、三十五年の月日が流れたというのが実情だ。

由里子の冒険が始まった。

二、三カ月にいちどのときもあれば、半年も音沙汰がないときもあった。つかず離れずとは、こういう状態をいうのだろう。

(専業主婦で呑気な自分とはちがって、忙しい人なのだ)

由里子はそう思いながら、その忙しい合間を縫って連絡をしてきてくれるのがうれしかった。仲彦のためだけに買った携帯電話を、そっと撫でた。繁夫には内緒だ。

そして五年が過ぎ、つぎの同窓会が開かれる今年になった。

三月のはじめに会ったときのことだ。

「新学期になると、忙しいんじゃないの」

「うん、まあね。でも、気は楽だよ。校長なんて肩書があると、何もできないからな。もう怖いものは何もない」

そう言うと、仲彦はにやっと笑った。

その「にやっ」の意味を測り兼ねて、由里子はうつむいた。

間もなく、由里子に届いたひとつの噂が、改めて仲彦の存在を考えさせられるきっかけになった。大学時代の友人光江が、家庭を捨てて年下の男性の許に走ったというのだ。知らせてきたのは、光江と親しかった千鶴子だった。光江の夫が「行き先に心当たりはないか」と千鶴子に尋ねてきたらしい。

「じつはね、わたし、以前から知ってた。相談を受けたことがあるの。でもいまの行き先は、ほんとうに知らないのよ」

由里子は、光江とそれほど親しくしていたわけではないので、何も知らなかった。

「遊びじゃないと言ってたわ。わたし、諦めなさいって言ったのよ。もう、色恋沙汰の年齢じゃないでしょう。こういうことは、世間にすぐ知れるものよ。ご主人が気の毒じゃないの」

「そんなことがあったの」

「思い切ったことをしたわねえ」

千鶴子は興奮した声を出していた。

由里子は衝撃を受けた。光江とは卒業後の付き合いはなかったが、学生時代は、その控えめな人柄が好きだった。

（あの、おとなしそうな人が……）

歳月が、光江を変えたのだろうか。

夫婦の間は、破綻していたのだろうか。

いずれにせよ、家庭を捨てるほどの強い愛情があったということだ。

親友だったはずの千鶴子は、たぶん、あちこちへ非難がましく光江の話をしているにちがいない。友情は、どこかへ消えてしまったようだ。人生の晩年に差しかかってもなお、夫以外の男性に愛される光江への嫉妬があるのかもしれない。ひとり、取り残された光江の夫への同情もあるのだろう。

そして、それは由里子にとっても、決してひとごとではなかった。伸彦への気持ちにブレーキになるのか、逆に後押しになるのか、由里子は自分でもわからなかった。

ブレーキにしないといけない。

しかし、光江の噂が頭から離れない。

光江の勇気が、少し羨ましかった。


伸彦から電話があったのは、五月の半ばだった。

「今日は、あまり時間がないんだけど」

と言いながら、あわただしくお茶一杯だけの逢瀬だった。

「今度の同窓会、どうするの？」

由里子が聞くと、

「表向きは行くことにしようか」

「どういうこと？」

「同窓会へ行くって言えば、ぐっちゃんは、ゆっくりできるんじゃないのか」

伸彦の目は、強い光を帯びていた。

「どこかで、夜遅くまでゆっくりしようよ。ともだちごっこは、卒業だ」

由里子は、伸彦の目を見つめながら、吸い込まれるようにうなずいてしまった。光江の顔が脳裏に浮かんだ。ブレーキにはならず、背中を押されてしまったようだ。

その店は、入り口付近がレジや客席から死角になっている。照明も薄暗い。店を出るとき、そこで、ふたりははじめて唇を合わせた。客が入ってこないかと案じながらのあわただしいくちづけだった。

次回の冒険の約束に思えた。

（わたしは、からかわれているのだろうか。顔立ちも美しくなく、体の線も崩れている。どこから見ても、六十歳のおばちゃんだ。そんなわたしを本気で愛しているなんて、信じられない。

では、わたしはどうだろう。ちょっと知らない世界を覗いて見たいだけなのだ。

もちろん、伸彦には強く惹かれるものを感じている。家事をしながらふと伸彦のことを思うと、少女のようにどぎまぎする。そんな自分がいとおしい。

でも、ふたりには、それぞれ家庭がある。光江のように、それを壊すほどの勇気は、わたしにはない。

ともだちでいるつもりだったのに……。

いまのままで、楽しく、幸せなのに……。

それなのに、わたしは今日、差し伸べられた手につかまって、階段をひとつ、あがってしまった）

しかし、その階段は、もろくも崩れ落ちてしまった。

一昨日の夜だった。家事を片付けたあと、由里子は夕刊を広げていた。

社会面下段の小さな記事の中に、「山村伸彦」の名前を見つけて、棒立ちになった。

「あっ」

「どうした」

ソファに寝転んでテレビを見ていた繁夫が声をかけたが、それに返事もせず、椅子に座り込んでしまった。さいわい、繁夫はそれっきりでテレビに視線を当てている。

それは、三日前に心筋梗塞で亡くなった伸彦の葬儀日程を知らせるものだった。神戸市立小学校の元校長だから、こういう記事が出るのだろう。

頭が、くらくらする。同姓同名の別人であってほしい。だが、伸彦に聞いていたのと同じ小学校名だ。葬儀の場所として自宅が書いてあった。由里子は震える手で、前回の同窓会で配られていた名簿を繰った。同じ住所だ。まちがいない。やはり、伸彦だった。

伸彦が亡くなった。あの伸彦が……。

しかも、三日も前のことなのだ。

つぎに会うときは、朝まで一緒にいるつもりだった。夫への言い訳など、何とでもなる。何を着て行こうか。そうだ、この際、夏用の外出着を新しく買おう。バッグは……。靴は……。

由里子は何も知らずにいまのいままで、つぎに伸彦と過ごすときのことばかり、考えていた。もう、伸彦はこの世にいないというのに……。

心臓が悪いなどとは、聞いたことがなかった。それまでに異常がなくても、とつぜん、心筋梗塞というものは起こるものなのだろうか。それとも、以前から心臓の持病を抱えていたのだろうか。

由里子とのことは内密にしていたはずだから、死去の知らせなど、誰からもある訳がない。まったく知らない間に、伸彦は手の届かないところへ行ってしまっていた。

伸彦が亡くなったのもショックだが、もっと絶望的に感じたことは、その死を三日間も知らなかったということだった。伸彦にとっての自分は、それだけの存在でしかなかったということだ。

発作を起こして病院にかつぎ込まれたのなら、病室のベッドで、ひとめ、由里子に会いたいと思ってくれただろうか。息を引き取る間際に、ほんの少しでも由里子のことを思ってくれただろうか。

伸彦が恨めしかった。

(何も言わずに、わたしひとりを残して行ってしまった)

「死を知らなかった三日間」もそうだが、さらに由里子を打ちのめしたのは、自分が誰とも、手を取り合ってその死を悲しむことができないという事実だった。

昨日が伸彦の葬儀だった。由里子は行かなかった。行けば伸彦の死を認めることになる。紛れもない事実だとわかっていながらも、認めたくはなかった。それに、伸彦の妻の顔を見たくなかった。いままでまったく、関心のなかった妻の存在が、にわかに大きくなった。伸彦の死を堂々と悲しむことができる妻に、はじめて嫉妬と憎悪の感情が湧いてきた。

由里子にとって、今年の同窓会は特別のものだった。同窓会を口実にして、伸彦とはじめての夜を過ごすつもりだったのだ。

最後に会ったとき、伸彦は言った。

「つぎの冒険へ、一歩、踏み出そうよ」

由里子は誘われるままに、その一歩を踏み出そうとした。

しかし、その一歩は、永久に幻となってしまった。

由里子は今日の同窓会には、もちろん、行かなかった。

いまごろは、同窓会の会場では、にぎやかな笑い声が溢れているだろう。そのざわめきをよそに、伸彦は、わたしをどこへ連れて行ってくれるつもりだったのだろう。

「静かで、素朴な料理がおいしくて、知ってる奴なんかに絶対に出会わないところ」

「そんないいところ、あるの？　あまり遠いのは困るんだけど」

「それがあるんだな。案外近くて、新緑と温泉のおまけ付きでね。場所は当日のお楽しみだ。もうすぐ、ぐっちゃんの誕生日だろ。ささやかなプレゼントだよ。そこで祝杯をあげよう」

「うれしいわ」

「待ち合わせの場所と時間は、また携帯に連絡するよ」

由里子は、あのときの伸彦のいたずらっぽい表情を思い出しながら、しおれたようなあじさいを見ていた。

（やはり、わたしに似ている）

夕食のとき、ふと気がついたのか、繁夫が、

「あれ？　今日、同窓会じゃなかったのか」

「やめたの」

「ふーん」

それっきり、理由も聞かない。由里子が一日中、家に閉じこもっていたのに、いまごろ、気がついたのかと腹が立った。

でも、この無難な夫との間に波風を立てなくてよかったのかもしれない。

そう思わなければ……。

伸彦が予定していた行き先がどこだったのか、聞かずじまいになったのが悔やまれる。

せめて今度の誕生日には、どこでもいいから、ひとりで一泊旅行に出かけよう。

そこが目的だった宿だと思って、新緑を眺めながら温泉に浸かって、消え去った淡い恋に涙を流してこよう。

(ともだちごっこは、卒業だ)

だが、卒業しないままに終わってしまった。

由里子は、ビールを飲んでいる繁夫の横で黙って箸を動かしていた。

はじめて、涙がこぼれそうになった。

木下　八世子（きのした　やよこ）
1936年（昭和11年）神戸市に生まれる。
兵庫県立夢野台高等学校卒業。
著書にエッセー『えんぴつころころ』（東方出版）がある。
現在　神戸市東灘区向洋町中５丁目11-501-2404

還暦同窓会

2007年（平成19年）６月27日　初版第１刷発行

著　者――木下八世子

発行者――今東成人

発行所――東方出版㈱
〒543-0052　大阪市天王寺区大道1-8-15
Tel.06-6779-9571　Fax.06-6779-9573

装　丁――森本良成

印刷所――亜細亜印刷㈱

落丁・乱丁はおとりかえいたします。
ISBN978-4-86249-074-2 C0095